시 쓰기의 분뇨학

푸른사상 현대문학연구총서 22

시 쓰기의 분뇨학

이선영 시론집

　처음 시를 쓰기 시작했을 때의 필자는 낭만주의자였던 듯하다. 이를 테면 이런 생각들에 휩싸여 있었다는 의미에서 말이다. ‘시인이란 선택받은 존재이며 나는 처음부터 시인이 될 운명을 갖고 태어났다’는 터무니없는 망상 내지 자기 운명에 대한 자못 비장한 도취 등등. 그 무렵의 필자는 시인이 될 운명을 타고난 자라는 확실한 증표를 갖고 싶어 했고, 심지어 스스로에게 은연중 그런 주문을 걸고 있기조차 했다. 그리고 이런 갈망 뒤에는 시란 더없이 숭고한 것이며, 시인은 끊임없이 시의 실을 잣는 거미의 영혼을 가진 자라는 믿음이 숨어 있었다. 시인은 그 자신이 바로 시의 무한한 고치여야 했다.

　『시 쓰기의 분뇨학』은 시 연구자이기에 앞서 시 창작자이기도 한 필자의 체험적 시론의 한 결정물이라고 할 수 있다. 시 쓰기를 배설물에 빗댄 분뇨의 차원으로 끌어내린 것이 시에는 더러 부당하고 수치스러운 일일는지 모른다. 게다가 시의 숭고, 선택받은 자의 운명 등을 운운하던 참에는 뜻밖의 반전이다. 그러나 이 시도는 영혼의 불가사의한 발동을 육체의 생리로 해명해 보려는 안간힘이기도 하다. ‘영혼의 시’가 아닌 ‘육체의 시’, 시 쓰기의 영혼학이 아니라 시 쓰기의 육체학을 말하고 있는 이 글에서 필자는 그러므로 더 이상 낭만주의자가 아니다. 필자는 이 글을 통해 시는 형이상학의 성소에서만이 아니라 형이하학의 진창에서도 태어난다는 사실을 말하려 하기 때문이다. 아니,

어쩌면 형이하학적인 원리에 썩 부합한다는 사실을. 인간의 실존적 삶
자체가 육체에 기반한 것이며 육체적 리듬에 의해 영위되는 것임을 인
정한다면, 시인의 시 쓰기 역시 가장 열정적이고 충직한 육체적 발산
에 다름 아닐 것이고 또한 그래야만 할 것이다. 시를 더 이상 영혼의
전유물로 남겨 두지 않고자 하는 시도에는, 육체를 중심으로 영위되는
인간적 혹은 물리적 영역으로 시를 끌어들임으로써 시에 대한 이해도
와 접근성을 높이고자 하는 바람이 담겨 있다. 행여 이 역시 시를 아주
멀리, 높이 띄워봤던 자의 기우이자 착각에 불과할까. 이조차 소위 시
를 씁네 하는 자의 오만에서 나온 발상일까.

　시가 전적으로 시와 시인의 천부성과 특별함을 지칭하는 것이었던
낭만주의자의 관점에서 지극히 육체적인 발로의 보편성을 지칭하는
것인 실증주의자의 관점으로 해체적 전향을 하기까지는, 시 창작자에
서 시 연구자이자 시 해석자로의 역할 및 관점 확대의 과정이 있었다.
그 과정은 시 창작자라는 특수성이 시 연구자이자 시 향수자라는 보편
성 내지 객관성으로 융화되면서 합류해 가는 과정이었다. 낭만주의자
이기를 고수하기엔 도무지 낭만적이지 않은 현실을 알게 한 세월도 한
몫했음은 물론이다. 설사 시가 해명될 리 없고 설명할 수 없는 영혼의
작용이라 하더라도, 그 영혼조차 육체를 통과하지 않고서는 발현되지
않을 것이다. 시는 때때로 소월의 '시혼'과 같이 높고 높은 '죽음의 산
마루' 위에서 시작되지만, 우리 몸이 거하는 낮은 곳에 '음영'을 드리
운다. 시는 우리 육체와 함께 명멸하나, 유한의 육체 속에서 순간순간
의 광휘를 빚어 올려 '황금의 꽃같이 굳고 빛나는' 무한들을 채취해
낸다. 필자는 이 글이 시 그 자체와 시를 쓰는 일, 시인이라는 존재를
일상적이고 감각적인 육체의 지각과 더불어 육체 가까이에서 느끼게

할 수 있기를 바란다. 시에 대한 육체적 터치가 가능하게 하기를, 또한 육체적 터치가 가능하다는 사실을 깨달을 수 있게 하기를.

이 다소 엉뚱하고 뜬금없는 기획이 하나의 독창적인 저작이 될 수 있음을 인정해 주시고 격려해 주신 필자의 은사 김현자 교수님, 그리고 질책과 격려를 함께 해 주신 모교의 김현숙·김미현 교수님과 시단의 높은 어르신이기도 하신 최동호·박호영 두 분 교수님께 감사의 말씀을 드리고 싶다. 그럼에도 불구하고 부족함과 엉성함의 부끄러움을 면치 못하는 이 졸작은 전적으로 필자의 게으름과 무능력의 소치이다. 아울러 이 졸고를 쓰던 밤마다 엄마를 부르며 끝내 혼자 잠들고 말았던 아들아이와 채 입 밖으로 소리 내 부르지는 못했지만 입술을 앙다물고 잠들었던 딸아이에게, 이젠 너무 늦었고 그간 우리 사이엔 돌이킬 수 없는 아주 많은 시간이 흘러갔지만, 지금도 왈칵 솟아오르는 눈물의 뜨거움과 뼈아픔으로 내내 남은 날들의 빚을 새겨 두려 한다.

마지막으로, 가장 좋은 시론은 시와 시인의 가치를 재발견하게 하고 가장 돋보이게 하는 것이라는 필자의 지론에 비추어, 여기 이 졸작을 빛내 주셨으나 그 빛을 되살려 드리지 못한 여러 시의 거장(巨匠)들께 고개 숙여 송구한 마음 전해 올린다.

2012년 8월
이 선 영

머리말 • 5

제1장 서론 • 11

제2장 몸 속 타자의 외재화 • 33

제3장 몸 속 생명의 대상화 • 99

제1장

서론

서론

1. 시의 육체적 기원

이 시론은 시성(詩性)을 키워드로 분비와 배설의 생리현상을 통하여 시 창작의 원리와 과정을 규명하고자 하는 데 그 목적을 두고 있다. 시 창작의 원리를 규명하려는 것은 시의 이해와 접근을 용이하게 하기 위한 필요성에서이기도 하다. 그것은 잠재적인 시 창작자나 시의 독자, 시 연구자를 모두 포함하는 시의 향유자들을 위해 지금껏 알려지지 않은 또 다른 루트의 소로(小路)를 트고자 하는 일종의 메타 시론적 성격을 갖는다.

문학사적으로 볼 때 괄목할 만한 시론들, 이를테면 박용철 시론이나 김소월 · 정지용 · 김기림의 시론, 김춘수 · 김수영 시론 등 시에 대한 특정의 견해를 밝히거나 이론을 정립한 시론들에 대한 연구 성과와 시도들은 종종 있어 왔다. 그러나 시성이 물질 지향적인 것이라는 하나의 가설을 전제로 시 창작 과정에 담겨 있는 비밀을 풀고 시의 모호한 태생적 정체성을 밝혀내려는 시도는 아직까지 없었다. 물론 다소 무모하기까지 한 모험이라 할 수 있는 이러한 시도는 선학(先學)들의 업적에 힘입은 것이다. 먼저 시성이라는 말을 직접적으로 언급한 로만 야콥슨의 「시란 무엇인가」라는 논문에서 그 영감을 얻은 것이며, 무엇보다 선시(先詩)적 시론 정립이라는 위업을 이뤄낸 박용철 시론에 빚진 바 크다. 그 외 유수 시인들의 명철한 시론도 본 연구의 계기와 출발에 힘을 주는 것이라 하겠다.

시 연구자가 직면하는 어려움은 씌어지지만 읽히기를 거부하는 시의 이율배반성에 있다. 즉, 시는 씌어진 그대로의 시적 상징성 또는 비의(秘意)를 좀처럼 포기하려 하지 않는다. 에코(U. Eco) 기호학에 근거하자면, 시는 청자(聽者) 지향적이 아닌 화자(話者) 지향적 장르인 것이다. 다소 자폐적이기까지 한 시의 이러한 화자 지향성은 시의 해석을 어렵게 한다. 그러나 시의 이율배반성은 시가 해석되기를 거부하는 강도가 점점 강해질수록 그에 비례하는 만큼 시를 해석해야 한다는 당위성 역시 점점 커진다는 사실이다. 그렇다면 시 연구자는 이토록 고집스럽고 까다로운 시의 본령을 훼손하지 않으면서 어떻게 시를 분석하고 해석하는 작업인 시 연구를 통해 시를 해체해 나가는 모험을 감행할 것인가. 시의 이율배반성은 대체 어디에서 오는 것이며, 시에 대한 접근을 어렵게 만드는 시의 이러한 특수성은 대체 어디에서 비롯되는 것일까.

시란 정신의 소생(所生)인 것만이 아니라 육체의 소생이기도 함을 밝히려 하는 것이 이 시론의 출발점이다. 불변의 것을 숭앙하는 제논(Zenon)적 가치의 연장선상에서 시는 본질적이고 유비(類比)―영혼적인 가치를 표상하는 것 가운데 하나로 존재해 왔고, 어떤 면에서 그러한 표상이기를 요구받아 왔으며 스스로 그 역할을 자임해 온 점이 없지 않다. 플라톤이 철학을 위협하는 것으로서의 시를 추방한 것이나 하이데거가 오랜 시간 동안 핵심적 테마들에서 시가 철학을 대체했다고 확언한 것[1] 등은 시가 종종 철학적 진리나 담화와 대등한 위치를 누려 왔음을 입증한다.

또한 시의 대가(大家)인 미당 서정주가 그의 시론에서 강조한 '동양정신' 혹은 '동양의 시심'이란 지성과 감성 어느 한 쪽으로도 치우치지 않는 그 둘의 조화로운 종합체로서의 '마음'이었으며, 그 마음이란 곧 시심(詩心)이었다. 현실 초월적인 것으로서의 시의 본질적 가치 추구를 중시한 시인 김현승은 시를 정서와 지성의 균형이라고 보았으며, 조지훈에게 시는 '영원히 해방된 것'으로서 '절대로 순수하고 자유로운 정신'이 바로 시정신이었다. 이처럼 시는 불변의 진리를 개진하는 철학의 반열에 있었으며 마음, 정서, 정신 등이 시를 여는 키워드였던 셈이다.

그러나 야콥슨에 의해 시성(詩性·poeticity)이라는 말이 새로운 언표로 시에 던져진 이래, 한 유기체(有機體)로서의 시가 가진 성질을 규명해 볼 수 있는 단서가 생겼음에 주목할 필요가 있다. 즉 시성은 시에 대한 고정관념, 선입관, 산문으로 환원되지 않는 운문성이 가

---

1 알랭 바디우, 이종영 옮김, 『조건들』, 새물결, 2006. p.126.

진 난해함, 하나의 의미이기를 거부하는 다의성 등 시가 갖고 있는 모든 난제 또는 미스터리들을 한꺼번에 지칭하는 말로 등장하게 된 것이다. 곽광수는 이 시성을 주어진 대상보다 더한 것을 상상케 하는, 시적 언어가 표상하는 심상(이미지)을 증폭적으로 상상케 하는 강력한 환기력으로 해석하고 있다.[2]

여기에 덧붙여 한 가지 더 특기할 만한 점은 시에 시 '다운' 또는 시 '답고자' 하는 성질이 있다는 것은 시에 몸을 부여하는 의미이기도 하다는 것이다. 정신성, 영혼성이라는 말이 성립하지 않듯이 정신이나 영혼에는 몸이 부여되지 않는다. 앞서 알랭 바디우식 논의에 따르자면, 시와 철학적 담화는 분리되어야 하며 시란 현존하는 것의 현존에 대한 사고라는 점에서 철학과 결코 경쟁할 수 없는 것이다.[3] 다시 말해 시의 시성이란 시가 시일 수밖에 없는 혹은 시를 시다울 수밖에 없게 하는 어떤 성질을 띠고 있는, 시의 물질성이자 시의 육체성이라고 할 수 있다.

이 시론은 먼저 인간의 마음이 몸의 관념이라는 스피노자의 '마음의 생물학'에 빚지고 있다.[4] 스피노자는 마음이 협의의 몸 안에

---

2 시적인 풍경, 그림, 영화는 그것 '들이 직접적으로 보여주는 것만으로 그치지 않는다: 그것들은 우리들을 이를테면 아득한 다른 곳으로 떠나는 여행(으로) 초대(보들레르)' 하는 것이다. 위에서 든 엘뤼아르의 시편에서 시인이 피운 불은 조그만 모닥불일지 모르지만, 그리고 끝내 그 불꽃은 다하고 스러질지 모르지만, 우리들의 상상 속에서는 그 불꽃은 다함없이, 끊임없이, 더욱더 높이, 한없이 높이 솟아오르는 것이다…. (곽광수, 「시와 시적 언어」, 『시인세계』, 2008 봄호)
3 알랭 바디우, 앞의 책, p.129.
4 안토니오 다마지오, 임지원 옮김, 김종성 감수, 『스피노자의 뇌』, 사이언스북스, 2007. p.20.

존재하는 뇌에서 발생하는 것이며 마음과 몸은 서로 상호작용한다
는 사실, 즉 마음의 신체 중심적 사고(body-mindedness)를 강조한
다. 그에 따르면 마음이 존재하는 것은 일단 그 내용을 채울 몸이
존재하기 때문이다. 몸에 자리 잡고 있으며 몸을 중심으로 사고하
는 우리의 마음은 몸 전체의 하인이다. 인간의 마음은 수많은 사물
을 지각할 능력을 가지고 있는데, 이러한 능력은 외부로부터 수많
은 자극을 받아들일 수 있는 몸의 능력에 비례한다. 또한 스피노자
는 정신은 반드시 독백체(비의사소통적)인 반면 몸은 분명히 대화
체(의사소통적)라는 사실을 강조한다. 정신이 진정한 주체이고 몸
은 그저 대상으로만 존재할 뿐이라는 입장을 견지할 경우 다른 사
람들을 주체, 즉 진정한 인간으로 인정할 수 있는 근본 토대를 상실
한다는 것이다. 이는 시가 독백체에 그칠 것인가 대화체를 지향해
야 하는가에 대한 하나의 경고로도 들린다.

　또한 이와 같은 맥락에서, 20세기 가장 의미 있고 설득력 있는 몸
철학의 대표자라 할 수 있는 메를로 퐁티는 몸을 세계 안으로 우리
를 안내해 주는 적극적인 매체로 본다.[5] 몸은 사유와 지각, 감각과
욕망을 작동시키는 존재이며 세계를 조직해 내는 역동적인 방식이
다. '나의 몸이 나의 앞에 있는 것이 아니라 오히려 나는 나의 몸 속
에 있다'고 그는 말한다. 이러한 메를로 퐁티의 몸 개념은 육체와
의식의 이율배반적인 요소를 지양하려는 것이다.

　메를로 퐁티는 그의 회화론에서 회화란 무엇인가를 질문하면서

---

5 한국현상학회 편, 『몸의 현상학』, 철학과현실사, 2000. p.111.

동시에 시지각(視知覺)이란 무엇인가라는 질문을 던진다. 화가는 그
가 눈으로 지각한 세계를 화폭으로 옮긴 그의 작품을 통해서 자기
자신을 보고, 느끼고, 경탄하며 이 최초의 경탄은 세계와 몸이 그의
화폭을 통해 이중으로 마주친다는 사실에서 비롯된다. 이때 시지각
은 화가로 하여금 세계를 발견하고 바라보게 하는 육체의 창이자,
화폭에 되살린 세계를 통해 자신을 반추하도록 하는 사유 능력이
다. 화가의 작업을 보면서 메를로 퐁티는 시지각과 보이는 세계의
분할 불가능, 현상과 존재의 분할 불가능을 믿게 된다.[6] 한 편의 회
화가 그려지기까지 화가가 임하는 작업을 통해 메를로 퐁티는 몸의
지각을 배제한 순수 사유란 없다는 것을 말하고 싶은 것이다.

신범순이 소개한 야뢰 이돈화(李敦化)의 사상도 주목해 볼 만하다.
이돈화는 1920년대 『개벽』지를 중심으로 '개벽운동'에 동참했던 이
들 가운데 중심 이론가였다. 그는 「인내천 연구」 연작 중 하나인
「意識上으로 觀한 自我의 관념」이라는 글에서 '의식'과 '자아'의
범위가 어떠한 것일까를 물었다. 그에 의하면 의식은 소아(小我)의
한정된 의식과 대아(大我)의 우주적 의식으로 나뉘어진다. 이때 영
혼은 대아(大我)의 의식에 속한다. 그는 모든 물질에도 감정이나 의
식이 있다는 네케리 이론을 빌려, 인간 세포와 그 세포를 조직한 원
자들에도 의식작용이 있음을 밝힘으로써 범신론적 수준의 인간론
을 확장시켰다. 대우주 속에서 매우 작은 물질과 원자들의 의식이

---

6 모리스 메를로 퐁티, 김정아 옮김, 『눈과 마음—메를로 퐁티의 회화론』, 마음산
  책, 2008. p.17.

진화되어 인간이라는 고도의 결정체를 낳았고, 인간에게 와서 가장 진화된 의식을 마련했다는 것이다. 그에게는 인간은 본래 우주를 재료로 만들어졌다는 관념이 있었다. 그는 물질계와 정신계를 함께 굴러가는 것으로 보았으며 영혼의 근본은 소아(小我)적인 마음도 신경조직도 아닌 '우주의 대활정(大活精)'에 있다는 '영혼의 과학'을 전개하고자 했다.[7]

시성이 몸과 살의 체험이나 지각에 연원을 둔 것이라고 할 때, 시성을 획득하거나 혹은 내재하고 있는 시 역시 거기에서 자유로울 수 없다. 더욱이 시를 쓰는 시인이란 몸과 살의 체험과 지각이 영혼 깊이 각인된 존재들 아닌가. 이 시론은 시를 지탱하는 시성의 물질성, 메를로 퐁티식으로 말하자면 '정신의 육체적 기원'을 밝히는 일에 그 과제를 두고 있다.

2. 물질 지향의 시성(詩性)

로만 야콥슨은 「시란 무엇인가」라는 그의 글에서 시성(詩性 · poeticity)을 시적 기능이라는 말과 등치의 관계로 놓으면서, 언어작품이 결정적 중요성을 갖는 시적 기능 곧 시성을 획득할 경우에만 시에 관해 언급할 수 있다고 밝히고 있다.[8]

야콥슨에 의하면 시성은 언어가 언어로 느껴지고 이름 불려진 대

7 신범순, 「한국 근대문학의 정체성—영혼의 노래, 감각의 풍경」, 未刊.
8 로만 야콥슨 외, 박인기 편역, 『현대시의 이론』, 지식산업사, 1989. p.18.

상이나 분출되는 정서의 단순한 표현이 아닌 경우 존재하게 되며 또한 언어들과 그 구성법, 언어의 의미, 언어의 외적 형식과 내적 형식 등이 무심하게 현실을 가리키는 대신 그것들 나름의 무게와 가치를 획득할 경우 존재하게 된다는 것이다. 그러나 야콥슨에게 시적 기능을 지칭하는 말인 시성은 단지 언어의 단순한 표현이 '아닌 경우' 혹은 언어가 그들 나름의 무게와 가치를 '획득할 경우'로만 설명되고 있어 구체적인 개념 정립은 어렵다. 다만 '무엇 무엇이 아닌 경우'나 '무엇 무엇을 획득할 경우' 성립되는 것이 시성이라면, 시성은 분명 시가 되기 위한 또는 시가 될 수 있는 특정의 어떤 성질을 의미하는 말임에 틀림없다. 인간성이 인간됨됨이나 인간다움으로 해석될 수 있듯 시성 역시 시됨이나 시다움으로 해석될 수 있을 것이다. 그렇게 볼 때 시성이라는 말은 다름아닌 시의 정체성에 대한 질문인 것이며 시의 정체성을 규명하는 문제와 직결된다.

아리스토텔레스 이래 '시란 무엇인가'에 관한 질문과 이에 대한 해답을 내리려는 시도는 무수히 행해져 왔다. 많은 시론(詩論)들이 이러한 시도들을 입증하는 증거물이자 그 산물일 것이다. 그렇지만 시론은 이를테면 시에 관한 사후적인 판결이자 언도라는 점에서 시성과 다르다. 그것은 시에 관한 사후적인 분석인 것이다. 즉, 이미 시인에게서 태어나고 만들어진 결과물로서의 시를 대상으로 거기에서부터 시에 대한 얘기를 시작한다는 것이다. 그럴 경우 시는 낱낱이 분석하고 해석하고 해부해 내야 할 어떤 형식과 구조를 갖춘 텍스트에 지나지 않게 된다. 시가 하나의 텍스트가 될 때 부딪치게 되는 난제는 모든 분석적 툴(tool)을 휘두르고도 해체됐던 시의 세포들이 마치 끈끈한 점성(粘性) 물질처럼 원래의 자리로 다시 돌아와 있음을 확인하게 된다는 사실이다. 선명하게 읽히기를 거부하는 텍스트로서의 시의 이러한 폐쇄성과 저항성은 무한히 열려 있지만 그 열려 있음으로 해서 동시에 완강하게 닫혀 있는 시의 어떤 독특한 성질, 즉 시성에 기인한다. 시론과 시성이 변별되어야 하는 이유가 여기에 있다.

시성은 시에 관한 이론, 즉 시론이 아니다. 그것은 시에 사후적으로 부여된 정체성이 아니라 시의 태생적 정체성에 관해 말하려고 한다. 시성은 일종의 물질성으로, 분해하고 해체하고 분리하려 해도 본래 있던 자리로 기어이 뭉치고야 마는 끈끈한 점액성을 가진 것이라고 말할 수 있는 것이다. 그렇기에 이 시성은 훼손되기를 거부한다. 시 연구자의 어려움은 바로 여기에 있다. 시의 시성을 훼손하지 않고 시를 연구하는 일은 시 연구자에게 남달리 부과된 특수한 과제이며 소명이다.

시성을 알지 않고는 시의 정체성을 규명할 수 없을 것이며 시는 영원히 미궁 속에 묻히고 독자나 평자는 단지 눈에 보이는 시의 겉껍질만 건드리다 마는 일을 되풀이해야 할 것이다. 시성의 규명이 필요한 이유가 여기에 있다. 물론 시성을 아는 것이 시의 베일을 걷어 주지는 않는다. 시성은 그러나 시에 덮인 베일의 이유와 촉감과 그 베일을 관통해 시를 들여다볼 수 있는 눈을 열어줄 수 있을 것이다.

시의 시성을 규명하는 문제는 시의 창작 주체인 시인의 정체성 규명과 밀접한 관련을 맺고 있다. 왜냐하면 시성은 시는 왜 씌어지고 어떻게 씌어지며 시인은 왜 그리고 어떻게 시를 쓰는가 하는, 시의 발생론적인 문제와 결부돼 있기 때문이다. 시 연구자는 이 지점에서부터 출발해야 한다. 한 편의 시는 왜 그리고 어떻게 한 시인에게서 발생하며, 훼손되기를 거부하는 시의 도저한 시성은 어디에서 연유하는가─ 그것을 밝혀 보고자 하는 노력이 이 시론의 시작이다.

아울러 그러한 물질 지향의 시성이 분비와 배설이라는 생리학적 원리를 통하여 시 속에 구현되는 과정을 밝힘으로써, 시의 발생론적인 근원을 물리적이고 육체적인 직접성의 경로를 좇아 추적해 보고자 하는 데 이 시론의 궁극적인 지향점이 놓인다. 이러한 시도는 의식이나 마음의 담론으로만 들여다보던 시를 몸의 담론 속으로 끌어들임으로써 시에 대한 전향적인 해석과 접근을 가능케 하려는 것이기도 하다.

여기에는 반(反)데카르트적인 대항 담론으로서의 육체해석학이 요구된다. 데카르트적 코기토인 '나는 생각한다, 고로 나는 할 수 있다'는 탈신체적이고 독백적이자 반사회적이며 시각중심적이라는 데 그 특징이 있다.[9] 먼저 코기토는 몸 속에 내재적이지 않고 초월적이라는 점에서 탈신체적이다. 또한 사유하는 실체로서의 정신은 존재하는 데 있어 그 자체 외에는 어떤 것도 필요로 하지 않는다. 즉, 몸은 정신 혹은 영혼의 단순한 외양에 불과한 것으로 취급된다. 살이나 몸체가 없기에 사회성이란 불가능하며 타자는 배제된다. 상호 신체적이지 않은 코기토는 따라서 시각의 패권에 근거한 시각적

---

9 정화열 지음, 이동수 · 김주환 · 박현모 · 이병택 옮김, 『몸의 정치와 예술, 그리고 생태학』, 아카넷, 2005. p.299.

형이상학이 된다. '나는 생각한다'가 '나는 본다'로 바뀔 수 있다는 것이다.

데카르트 이래 서양 철학에서 몸은 고아나 다름없었다. 육체해석학은 정신적인 것과 육체적인 것의 이분화 내지 이분법을 무너뜨린다. 몸을 정신의 죽음으로 취급하지 않는다는 점에서 육체해석학은 어느 한 쪽의 희생도 원하지 않는다. '마음에 품다'라는 뜻의 'conceive'라는 동사가 '품다'라는 표현을 통해 언어의 살을 연상시키는 몸의 다산성(多産性)과 관련되어 있다는 점은 흥미로운 일이다. 정신적인 것이든 물질적인 것이든 모든 개념은 결국 신체적일 수밖에 없으며 결코 몸에서 괴리될 수 없다는 것이 육체해석학의 관점이다. 몸이 배제된 정신이란 치명적인 추상성에 다름아니며 몸은 더 이상 영혼의 감옥이거나 영혼의 노예가 아니다. 그보다는 오히려 영혼의 숙명이라 말할 수 있다.[10]

시성이 일종의 물질성이라는 명제는 인간의 정신 활동 또는 예술 행위가 육체와 그것을 통한 감각 및 지각으로써 수행된다는 사실을 근거로 한다. 감성은 몸의 담론인 것이다. 20세기 육체해석학의 계보에서 니체는 독보적인 위치를 차지한다. 그는 일찍이 '나의 육체는 나의 전부다. 나는 나의 육체 이외에는 아무것도 아니다. 영혼이란 몸의 어떤 면을 말해 주는 것에 불과하다'는 대담한 선언을 했고,[11] 후설은 신체가 인간이 인간으로서 존재하기 위한 결정적인 단초라

---

10 정화열, 앞의 책, p.294.
11 위의 책, p.294.

는 사실을 간과하지 않았으며, 정신적 자아는 영혼에 의존하고 영혼은 신체에 의존해 있어 정신의 본질적 성격을 신체와 영혼으로부터 구별할 수는 있지만 분리할 수는 없다고 말한다.[12]

베르그송 역시 신체가 세계 속의 대상들에게 실제적인 영향력을 행사할 능력이 있다는 점에서 신체의 우월한 위치에 주목했었고,[13] 가브리엘 마르셀은 '나는 나와 나의 신체를 결합시키는, 그리고 나의 신체에 의해 나와 세계 자체를 결합시키는 근원적인 느낌에 의해 세계에 참여하고 있다'고 말하며 신체화를 통한 세계에의 참여를 역설한다.[14] 또한 사르트르에게 있어 세계 속에 있다는 것과 신체를 지녔다는 것은 동의어이다.[15] 신체는 주어져 있는 바로 그것으로서의 신체 이외의 아무것도 아닌 것이며 그 밖의 것은 무(無)이고 침묵이다. 왜냐하면 세계가 존재한다는 것은 의식이 신체화되어지는 한에서이기 때문이다.

메를로 퐁티는 데카르트의 코기토에 대한 반(反)명제로서 육체 지향성으로서의 '나는 할 수 있다'라는 새로운 개념의 코기토를 등장시킨다.[16] 그에게 있어 모든 인식의 궁극적인 완성은 몸의 지각을 통해 이루어지는 것이다. 각각의 신체운동, 개인이 수행하는 각각의 행위는 어떤 의미에서 미적인 성취라고 퐁티는 말한다. 살아 있

---

12 한국현상학회 편, 앞의 책, p.12, p.20.

13 리처드 M 자너, 최경호 옮김, 『身體의 現象學』, 인간사랑, 1993. p.370.

14 리처드 M 자너, 위의 책, p.76.

15 위의 책, p.150.

16 한국현상학회 편, 앞의 책, p.121.

는 신체는 표현적 매체로 이해되어야 하며 신체로서의 개인의 지각, 느낌, 그리고 행위는 각각 예술작품으로 이해되어야 한다는 것이다. 그렇기에 퐁티는 다음과 같이 말한다. '말할 때나 그림을 그릴 때 사고하는 행위와 신체를 움직이는 행위, 두 가지 행위가 있는 것이 아니다. 우리는 말과 손과 더불어 사고하고, 붓과 물감과 더불어 사고하는 것이다. 말이나 작품 뒤에, 그것들 너머 어딘가에 어떤 관념이 있는 것이 아니라 관념은 소리나 물감 안에 분리 불가능한 채로 들어 있는 것이다.' [17]

아일랜드의 시인 예이츠(W. B. Yeats) 역시 '모든 힘은 육체에서 나온다'고 믿었고,[18] 그의 한 작품을 통해 '머리로 상상한 것이 아니라 몸 전체로 상상한 것만 우리는 믿는다'라고 썼으며 또 다른 작품에서는 '예술은 우리에게 세상을 만지고 맛보고 듣고 보라고 명령하고 머리로만 생각한 것, 육체의 희망과 기억과 감각에서 솟아나지 않는 것을 피하라고 한다'고 썼다. 육체란 사색이기보다 무의식에 가까운 것이기 때문에 자기완성에 더 근접한다는 것이 예이츠의 생각이었다.

한편 T. S. 엘리어트는 시는 시인의 개성이 아니며 시와 시인은 시가 태어나는 순간부터 결별해야 한다고 말한다. 엘리어트의 비개성 시론이 드러내고 있는 것은 시를 시인의 사적인 전유물로 오인되지 않도록 하려는 엘리어트의 엄정한 시의식이다. 그러기 위하여

---

17 김혜숙·김혜련, 『예술과 사상』, 이화여자대학교 출판부, 1995. p.200.
18 데니스 도노휴, 황동규·유명숙 옮김, 『W. B. 예이츠』, 탐구당, 1990. p.50.

엘리어트는 시인의 자아 안에 경험하는 사람과 창조하는 정신이라는 이분화된 정체성을 설정해 놓고, 시는 창조하는 정신으로부터 빚어진 새로운 화합물이라고 규정하고 있는 것이다. 이때 시는 단순히 시인의 감정적이거나 정서적 산물이 아닌 독립적인 성질을 가진 하나의 물질이 된다. 엘리어트가 말하는 시는 바로 이 물질성을 가진 시인 것이다. 이 물질성의 시는 개성으로부터 비개성으로, 중심으로부터 주변으로의 해체 운동을 지속한다. 개성과 중심이라는 축은 시인을 향한 구심력이 되며 비개성과 주변이라는 축은 시인의 개인성에서 분리해 나오는 원심력이 된다. 여기에서 비개성, 주변성과 동의어가 되는 물질성의 시를 첫 번째 시로 놓을 수 있다.

엘리어트의 비개성 시론은 종종 문제시된다. 한 예로 루빈과 포아리에는 엘리어트의 비개성 시론을 정면에서 반박한다. 엘리어트 자신이 '강력한 개성'이며, '도피가 아니라 개성이 엘리어트의 시와 산문에서 강력하게 표현되고 있다'는 것이다. 그들은 엘리어트의 비개성 시론이 '개성적으로 존재하는 방법이었을 따름'이라고 일축한다. 이러한 반박이 의미하는 것은 시가 정말로 시인의 개성으로부터 분리돼 나와 별개의 물질성으로 존재할 수 있는가에 관한 회의와 의문이다. 문학, 특히 시는 그것이 소설이 갖춰야 할 플롯이나 구조 등으로부터 자유롭다는 점으로 인해 시인의 사적인 개인성 안으로 늘 회귀하려는 속성을 갖고 있다. 앞에서 언급된 구심력이다.

저자와 텍스트, 시인과 시의 관계는 언제나 관심의 대상이 되어 왔다. 시인과 시 속의 화자는 일치하는가, 시와 시인의 개성은 얼마만큼이나 동일시될 수 있는가 등등. 시를 통해 시인의 전기적 사실을 캐내려는 시도와 시인의 전기적 사실에 비추어 시를 해석하려는 시도 등은 독자나 비평가들에 의해 빈번하게 행해져 왔다. 엘리어트의 비개성이 다시 개성으로 환원되고 주변이 다시 중심으로 환원되는 것은 이 지점에서다. 그러므로 두 번째 시는 시인의 감정과 정서의 표현으로서의 시, 시인의 개성의 산물로서의 시가 된다.

시성은 첫 번째 시와 두 번째 시, 즉 물질성과 개성의 결합 또는 그 경계의 긴장에서 생겨난다. 시성은 구심력과 원심력, 개성과 비개성, 중심과 주변, 그리고 시의 사유화와 공유화가 겹쳐지는 지점, 결합이기도 하고 경계이기도 한 지점에 있다. 그러므로 시성은 해체하려는 힘과 환원하려는 힘 사이의 긴장에서 발생하는 어떤 것이다. 시인 자신이기도 하고 아니기도 한, 둘 다이기도 하고 둘 다 아니기도 한, 그러나 어느 한 쪽만이라고 분명하게 말할 수 없는, 그런 심연에 시는 놓여져 있고 그것이 시가 가진 끈끈한 점액성과도 같은 시성이다. 이 시성이 시라는 텍스트에 접근하기 어려운 심연을 만들어 놓는다. 시성을 규명하는 데 있어 일견 탈구조주의적 관점이 유효한 까닭이 여기에 있다. 시성은 구조에서 탈구조로의 해체이자 다시 탈구조에서 구조로의 환원이다.

이렇듯 시성이 물질 지향적인 것이며 그러한 시성에서 배태되고 이후에도 여전히 시성을 띠고 있는 시가 하나의 물질일 수 있음을 몇몇 시론들을 통해 밝혀 보이고자 한다.

본문 각 장의 각 1절에서 소개될 시론들은 시를 각각 물질적 상상력의 산물이거나 변용의 분비물이거나 발분(發憤)의 결정물로 상정함으로써 시에 대한 전향적 관점을 제시하려는 시도를 보이고 있다. 이 세 개의 시론은 시가 몸을 배제한 마음만의 것이 아닌, 몸과 마음 모두의 분비이자 배설이라는 점을 상기시키고자 하는 것으로 본 논문을 진행하기 위한 단초가 될 것이다.

각 장의 2절에서는 시가 시인으로부터 창작돼 나오는 과정을 몸의 분비 및 배설 원리와 닮아 있는 것으로 보고, 분비와 배설의 미학적·생리학적·정신분석학적 층위를 탐색해 보았다. 이때 분비와 배설 개념을 따로 세분하지는 않았다. 좁은 의미에서 분비라는 낱말은 인간 신체에서 흘러 나오는 땀, 눈물, 침 등으로 한정돼 사용되지만 가득 찬 것을 비우기 위해 밖으로 내버리는 배설의 양상을 띠는 똥, 오줌, 정액 등도 넓은 의미에서는 분비에 속할 수 있기 때문이다. 즉, 분비와 배설 모두 생명활동의 유지와 조절을 위해 안엣것을 밖으로 내보내는 인간 몸의 생리 작용이라는 점에서 동일한 개념이자 상생적인 개념으로 보았다. 프로이트는 인간의 출생을 가리켜 '우리는 똥과 오줌 사이에서 태어난다'고 말한 바 있다. 인간 몸의 출생 근원이 그러하다면, 시인에게서 잉태돼 나오는 시의 출생 비밀 역시 그와 다르지 않을 것이다. 첫 번째 〈몸 속의 타자〉에서는 분비와 배설이 단지 몸의 생명유지 차원에서 벗어나 어떻게 미학적 의미를 획득할 수 있는가를 살펴보며, 두 번째 〈몸 속의 생명〉에서는 분비와 배설을 몸의 가장 1차적이며 생리학적인 층위에서 비롯된 것으로 보고, 세 번째 〈몸 속의 영혼〉에서는 분비와 배설 행위가 갖고 있는 정신분석학적 의미에 주목해 볼 것이다.

각 장의 3절에서는 실제 작품들의 면면을 살펴보고자 한다. 물질적 상상력의 활달한 예를 보여주는 유치환, 몸의 변용을 통해 무한 생명을 지향하는 시세계를 보여준 시인으로 서정주, 그리고 '설움'이라는 대표적 정서를 통해 발분의 시를 표출한 김수영 등이 그들이다. 이들 세 시인은 대략 1940년대에서부터 1960년대까지 이르는 시기에 주목할 만한 시작(詩作) 활동을 한 동시대적 시인들이다. 하지만 이들 세 시인이 추구하는 시세계와 그들 시가 불러일으키는 정서는 각기 다르다. 각 장의 4절에서는 이들 세 시인을 각각 다원 시인, 변용 시인, 발분 시인이라 명명해 보았다. 다원 시인이란 유치환 시의 페르소나가 가진 물질적 다원성(多元性)을 근거로 다원적 면모를 보이는 일단의 시인들을 일컫는 용어로 사용되었으며, 변용 시인이란 서정주 시를 이끌어 가는 몸의 변용 모티프를 근거로 변용의 시 쓰기를 하는 일단의 시인들을 지칭하는 용어로, 발분 시인은 김수영 시를 추동하는 발분서정을 근거로 발분의 시 쓰기를 하는 일단의 시인들을 일컫는 용어로 사용되었음을 밝혀 둔다. 이러한 명명법은 이들 세 시인의 작품세계를 변별하는 방식이자 이들 세 시인을 각각 유형화하는 방식이 될 것이다. 이러한 유형화에 따라 각각 다른 물성(物性)을 나타내는 이들 시를 액화(液化)되고, 풍화(風化)되고, 경화(硬化)되는 시로 구분해 보았다. 마지막으로 이들 시인의 시를 분뇨학[19]적 관점에서 비교 고찰함으로써 이들 시인의 시세계가 온도계적으로 각각 고온(高溫)과 상온(常溫), 저온(低溫)의 정

---

19 똥·오줌 등 배설물에 관한 이론(scatology)을 뜻하는 의학적 용어로 리샤르의 『시와 깊이』(p.214)에서는 랭보 시를 다룬 장에서 분뇨담(糞尿談)이라는 용어가 사용되고 있으며, 정과리는 차창룡 시집 『해가 지지 않는 쟁기질』의 해설을 분변학적 관점에서 쓴 바 있다.

서를 환기하고 있음에 주목하였다.

이 유형화 과정에서의 좀 더 풍요로운 논의를 위하여 공시적이거나 통시적인 시간을 다소 대담하게 넘나들며 김소월, 김민부, 최승호 등을 비롯한 제2 또는 제3의 다원 시인, 변용 시인, 발분 시인 들을 호출하였다. 시간의 공시성이나 통시성을 벗어난 이런 자의적 호출이 가능한 것은, 이 논문이 추출하고자 하는 시인 또는 시의 유형화가 특정의 시대적 배경이나 영향과 무관하게 통용될 수 있는 일반론적 혹은 보편론적 통설이기를 지향하는 까닭이다. 이러한 유형화 내지 분뇨학적 관점이 필요한 것은 시성이 분비와 배설 원리를 통하여 어떤 방식으로 표출되는가를 살펴봄으로써 시 창작의 원리와 과정을 이해하고, 나아가 각각의 유형의 시가 환기하는 시적 효과를 알기 위한 유효한 전략일 수 있음에서다. 이는 시란 시인 내면의 물질성 혹은 육체성의 발현이라는 본 논문의 논지를 구체화하는 작업이 될 것이다. 배설물은 그것을 배설한 사람의 특성과 성격을 그대로 간직하고 있으며 몸에서 배출되거나 떨어져 나온 이후로도 얼마 동안은 여전히 몸의 일부분이기 때문이다.[20]

이때 시는 언어로써 수행되는 언어 예술이라는 점에서 언어적 카니발이라고 할 수 있다. 언어의 향연은 유쾌한 진리를 교환하는 것을 가능케 하며[21] 시란 모두가 공유하기를 원하는 유쾌한 진리에 속하고 적어도 그러한 진리이기를 지향한다. 또한 시의 언어가 일

---

20 야콥 블루메, 박정미 옮김, 『화장실의 역사』, 이룸, 2005. p.206.
21 김욱동, 『대화적 상상력—바흐친의 문학이론』, 문학과지성사, 1988. p.252.

상적이고 관습적인 언어의 특징을 일절 거부한다는 점에서 시는 일종의 언어적 도발이자 반항이라고 할 수 있다. 그런 의미에서 시의 언어는 바흐친이 말하는 '카니발화된 유형'의 언어이다.

사실 카니발리즘 자체가 그대로 시정신의 구현이라고 해도 과언이 아니다. 카니발리즘은 본래 육체해석학에서 보는 몸의 가장 근본적인 측면으로서의 유희적 육체, 또는 유희를 통한 육체의 체현[22]이라는 육체적 카니발리즘에 근거를 두고 있다. 카니발이 추구하는 것이 유토피아에 대한 갈망이자 동경이며 좀 더 나은 경지로의 지향[23]이듯 시가 추구하는 것 역시 이와 다르지 않다. 또한 시는 카니발리즘과 마찬가지로 현대 사회로 진입하면서 인간을 지배하고 있는 기계문명과 근대화 또는 억압적 이데올로기와 실증주의 등에 반하는 정신이며 이를 극복하기 위한 문학적 저항 방법이자 탐색의 길일 수 있다.[24] 그로테스크한 위장과 해학적 일탈, 정상적이지 않은 모습들로 표출되는 카니발적 행위는 불안과 모순을 안고 있는 세계에 대한 저항으로서 빈번한 시적 전략으로 채택돼 왔다.[25] 바흐친은 카니발에서 보이는 전도적, 비일상적 성격을 축제의 가장 기본적인 성격으로 지적하였으며 축제는 일상적인 시간의 흐름과의 단절이라고 할 수 있다. 결국 이러한 축제적 시간, 혹은 시 쓰기는 고통과 즐거움을 삶의 도정 속으로 내재화하며 자유를 찾아가는

---

22 정화열, 앞의 책, p.106.
23 김영아, 『한국근대소설의 카니발리즘』, 푸른사상, 2005. p.44.
24 김영아, 위의 책, p.45.
25 위의 책, p.43.

길이자 재생과 갱신의 의미를 지닌 삶의 적극적 실천 방식이다. 카니발은 혹은 시 쓰기는 일정 부분 현실 세계를 파괴하는 동시에 가능한 세계를 구축하고자 의도하기 때문에 유희적으로, 즉 비폭력적으로 전복하거나 혹은 해체한다.[26]

시의 신비를 언어의 신비로 본 정지용은 '시는 언어와 인카네이션(incarnation·肉化)적 일치'임을 강조했었다.[27] 배설물은 사람의 몸 속에 있는 한 배설물의 범주에 들어올 수 없고 배설물의 존재는 사실상 배설된 이후에 비로소 시작되는 것[28]이듯 언어로 씌어져 나오지 않은 채 시인 내면에 머물러 있는 시란 아직 시의 범주에 들어올 수 없다.

덧붙여 시적 카니발리즘의 핵심은 양가성(兩價性·ambivalence)이다. 천상적인 것과 지상적인 것, 아름다운 것과 추한 것, 숭고한 것과 저열한 것 가운데 상향적인 것을 하락시키고 하향성의 부정적 가치 속에서 새로운 힘의 원천을 찾는[29] 카니발리즘적 양가성은 시의 양가성이기도 하다. 하지만 어떤 의미에서 카니발리즘의 요체는 물질적이고 육체적인 차원으로의 전향이자 전도이다. 시인의 추구는 김소월의 시혼(詩魂)처럼 '가장 높이 갈 수 있고 가장 높이 깨달을 수 있는 힘'에 있으며 시는 상향적 가치 지향을 가진 것임에 틀림없지만, 언어로 육화돼 나오는 순간 시는 언어적 속세를 뒹굴어야 하는 이율배반성을 숙명으로 하기 때문이다.

---

26 김영아, 앞의 책, p.107.
27 이승훈, 『한국현대시론사』, 고려원, 1993. p.89.
28 야콥 블루메, 앞의 책, p.164.
29 김영아, 앞의 책, p.81.

제2장

몸 속 타자의 외재화

몸 속 타자의 외재화

1. 물질적 상상력과 시적 몽상

가히 상상력의 코페르니쿠스적 전환이라고 일컬어지는 물질적 상상력 이론의 개진을 통해 바슐라르는 상상력이 인간 대담성의 한 형태임을 주지시킨다. 바슐라르에 의하면 상상력은 의지보다 더한, 생의 충동보다 더한 심적 생산력 자체이다. 심적으로 인간은 인간 스스로의 몽상에 의해 창조되어 있으며 인간 정신의 마지막 경계들을 그리고 있는 것이 바로 몽상이기 때문이라고 바슐라르는 말한다. 상상력은 불꽃처럼 자신의 정점에서 작용하며, 아르망 프티장(Armand Petitjean)이 말했듯 상상력은 자기 발생적인 세계를 구축한다.[30]

---

30 가스통 바슐라르, 김병욱 옮김, 『불의 정신분석』, 이학사, 2007. p.199.

바슐라르의 물질적 상상력 이론은 인간의 삶에는 객관적으로 이해할 수 없는 요소들이 있고 그것들은 자생적인 생명력을 가지고 있으며 항상 인간의 내면에서 새로운 에너지로 작용한다는 깨달음에서 시작된다.[31] 바슐라르가 관심을 가진 것은 이미지 대상의 물질성이었다. 즉, 대상을 형태로서 파악하는 것이 아니라 물질로서 파악하는 것이다. 물질은 심화와 비약이라는 두 개의 방향성을 가진다. 심화의 방향에서는 신비와 같이 헤아릴 수 없는 것으로 나타나며, 비약의 방향에서는 기적과 같이 아무리 퍼내도 끝없는 힘으로 나타난다. 이처럼 두 개의 방향성을 가진 물질에 대한 상상력은 무한히 열린 상상력을 이끌어 낸다.[32]

물질적 이미지는 형태적 이미지와 달리 무한한 무정형의 이미지를 만들 수 있으며 이 물질적 이미지를 만들어 내는 것이 물질적 상상력이다. 물질적 상상력은 연금술에서 말하는 물활론(物活論)에 근거를 두고 있다.[33] 물활론은 물질이 정신과 마찬가지로 살아 있으며 생명이나 영혼의 반대말이 아니라 그것들을 대체할 수 있는 범주라고 보는 것이다. 또한 연금술은 어두운 흙덩이를 바꾸어 현자(賢者)의 돌에 이를 수 있게 한다고 했는데, 이 말에는 흙 자체가 이미 그 속에 신성함을 내재한 질료라는 생각이 담겨 있다. 즉, 흙덩이가 현자의 돌로 변하는 것은 질료의 내적인 자기갱신이며 질료의

---

31 홍명희, 『상상력과 가스통 바슐라르』, 살림, 2005. pp.29~30.
32 가스통 바슐라르, 이가림 옮김, 『물과 꿈』, 문예출판사, 1980. p.8.
33 이지훈, 『예술과 연금술—바슐라르에 관한 깊고 느린 몽상』, 창비, 2004. p.34.

운동이다. 바슐라르는 물질적 상상력을 일컬어 식물처럼 자라나는 물질성에 대한 내면적 상상력[34]이라 명명하기도 했다.

이러한 이미지의 물질성에 착안, 바슐라르는 물·불·공기·흙의 4원소를 중심으로 한 '이미지의 4원소론'을 전개한다. 4원소론은 시대와 문화를 초월한 보편성을 지닌 것으로서 그 자체가 한없는 시적 몽상이자 상상력이다. 물질적 상상력, 또는 무한히 열린 상상력으로서의 역동적 상상력의 자립적 주체가 되기 위해 인간은 '상상적 덩어리'가 되어야 한다고 바슐라르는 말한다.[35] 인간은 자기 자신 속에 납덩이를 달거나 반대로 가벼운 공기를 머금고 흐를 수 있다는 것이다. 인간은 자신을 추락 가동체 또는 도약 가동체로 삼을 수도 있고, 아무것도 잃어버리지 않으려 꿈꾸는 상상력인 대지적 상상력과 모든 것을 다 벗어 버리려 꿈꾸는 상상력인 공기적 상상력 사이에 있는 역동적인 정신이 될 수도 있다. 바슐라르에 의하면 인간은 결정(結晶)되거나 승화(昇華)되거나, 아래로 흘러 떨어지거나 상승하거나, 혹은 부유(浮游)하거나 가벼워지거나, 혹은 안으로 모여들거나 기화해서 확산되는 존재이다. 혹은 앙리 미쇼(Henri Michaux)식으로 말하자면, 내적 존재는 온갖 운동성을 다 가진다.[36]

개별적인 이미지들의 개별적인 성격을 고려하지 않고 역동적 유

---

34 이지훈, 앞의 책, p.7.
35 장경렬·진형준·정재서 편역, 『상상력이란 무엇인가』, 살림, 1997. p.209.
36 가스통 바슐라르, 정영란 옮김, 『대지 그리고 휴식의 몽상』, 문학동네, 2002. p.74.

도(誘導)를 따라감으로써 이미지들 전체의 공통적인 움직임에 개별 이미지들을 귀일(歸一)시키는 것, 달리 말해 환원하는 것, 이것을 바슐라르의 이미지 현상학에 있어 현상학적 환원이라고 한다.[37] '사랑한다는 것'은 화산적인 즐거움이고 '태양'은 유해하지 않은 불이요 존재를 소생시키는 위대한 자극제, '향기'는 존재의 스침으로 분명 자신 속에 고스란히 남아 있으면서 날아가는 정신으로 기화되었으며 육체라는 껍데기가 없는 육체이다.

나르시스가 비치는 물은 그를 한갓 자기애에 빠진 인간 나르시스에서 우주적 나르시스로 변모케 한다. 물은 운명의 한 타입, 존재의 실체를 끊임없이 변모시키는 근원적 운명으로 그것은 순간마다 죽으며 그의 실체의 무엇인가는 끊임없이 무너지고 있다. 물은 항상 흐르며 물은 항상 떨어지며 그리고 항상 수평적인 죽음으로 끝난다. 물의 고통은 끝이 없다.[38]

엠페도클레스의 불은 흔적도 없이 찢겨 사라지는 자신의 완전한 파멸을 통한 거듭나기를 꿈꾼다. 불과 연결되어 있는 모든 콤플렉스는 괴로운 콤플렉스요 신경증이 되는 동시에 시가 되는 콤플렉스, 말하자면 거꾸로 뒤집을 수 있는 콤플렉스다. 즉 불의 활동 속에서는 물론 불의 휴식 속에서도, 불꽃 속에서는 물론 재 속에서도 낙원을 찾을 수 있는 것이다. 폴 엘뤼아르는 썼다. '너의 두 눈의 빈터에서/불의 재해(災害)를 보게 하라, 영감에 찬 그 작품들을/그리

---

37 곽광수, 『가스통 바슐라르』, 민음사, 1995. pp.198~199.
38 가스통 바슐라르, 『물과 꿈』, pp.13~14.

고 그 재(災)의 낙원을' 이라고.[39]

공기는 인간의 휴식과 잠조차도 추락이라며 수평을 거부하는 공기적 운동을 펼치고, 물과 공기의 역동적 이미지들이 지니는 연속성의 원리는 바로 몽상적 비상(飛翔)이다. 공기의 몽상가는 결코 정념 때문에 고통받지 않을 뿐만 아니라 폭풍우나 북풍에 휩쓸려 가버리지 않는다. 공기의 시인은 모든 한계를 넘어 세계를 확대시킨다.[40]

집ㆍ배[腹]ㆍ동굴과 같이 심층 차원에 있는 내밀한 것들은 어서가 그곳의 비밀을 들여다보기를 재촉한다. 앙리 미쇼처럼 '나는 식탁 위에 사과를 하나 놓는다. 그리고는 그 사과 속으로 들어간다. 그 안은 얼마나 고즈넉한지!' 라고 말하는 것이다. 상상력은 이때 무한정 보려는 열렬한 소망이다.[41]

바슐라르는 문학 이미지를 연구하면서 문학 이미지를 만들어 내는 작가들도 이 4원소들 중 하나의 원소와 연결돼 있다고 생각했다. 모든 시인은 자신이 애호하거나 혹은 집착하는 원소를 가지고 있으며 이것이 무의식적으로 작품에 반영되어 나온다는 것이다. 그는 시인들에게 다음과 같이 질문한다. '그대의 무한함이 어떤 것인가를 나에게 말해 준다면, 나는 그대 우주의 의미를 밝힐 수 있을 것이다. 그것은 바다나 하늘의 무한함인가, 아니면 깊은 대지의 무한인가, 혹은 장작더미의 무한인가?' 라고.[42] 이를테면 김소월은

---

39 가스통 바슐라르, 『불의 정신분석』, p.202.
40 바슐라르, 정영란 옮김, 『공기와 꿈』, 이학사, 2000. p.96.
41 바슐라르, 『대지 그리고 휴식의 몽상』, p.74.
42 바슐라르, 『공기와 꿈』, p.28.

'하염없는 눈물에 저는 웁니다', '흘러도 연달아 흐릅디다려'와 같은 그의 시구들에서 보듯 끊임없이 흐르는 물 이미지로 연상되는 시인이며, 한용운은 '황금의 꽃같이 굳고 빛나던' '눈물의 水晶' '피의 紅寶石'처럼 견고하고 불변적인 광물성의 이미지를 상기시키는 시인, 윤동주는 '하늘' '바람' '별' 등 상승을 지향하는 우주적 이미지와 '우물' '녹이 낀 구리 거울' 등 침잠하는 물의 이미지가 공존하는 시인이다. 바슐라르의 물질적 상상력 이론은 시인의 상상력과 시적 이미지가 가진 물질성을 환기함으로써 정신적 이미지와 물질적 이미지의 융합을 가능케 했다고 할 수 있다.

바슐라르에게서 바통을 이어받은 리샤르의 『시와 깊이』가 취하고 있는 관점도 이와 다르지 않다. 그는 네르발, 보들레르, 랭보, 베를레느 등 네 명의 시인들을 다루고 있는데, 그가 주목하는 것은 그들이 겪는 심연에의 경험이다. 그것은 각각 물질의 심연, 의식의 심연, 타자의 심연, 감정 혹은 언어의 심연들이다. 리샤르는 모든 시인들에게 문제가 되는 것은 이 깊이를 파고든 다음 거기에서 다시 해방되어 빠져나오는 일이라고 말한다. 그들은 모두 이름할 수 없는 것 속에, 불가능 속에, 죽음 속에 파고든 다음 다시 거기로부터 솟아오른다. 심연이 물질성을 획득하며 실재화·외재화돼 나오는 과정으로서 그것은 곧 역설적인 시적 모험이 된다.

2. 몸 속의 타자 — 미학적 층위

프로이트에 의하면 만 두세 살의 아동은 몸이 자라면서 자기 몸 속에 있는 것들에 관심을 가지게 된다. 가령 대변과 소변은 자신의 몸 '안'에 있다. 항문기의 아이는 자신의 몸 안에 있는 것을 자신의 소유물 내지 자기 신체의 일부로 생각한다.[43] 아이들에게 있어 똥은 아이들 자신의 신체의 일부이며 사랑하는 사람을 위해서 줄 수 있는 최초의 선물이다. 아이들이 조금 자라 성적으로 발달한 단계에서 똥은 아이들을 의미한다. 아이들은 배변할 때처럼 항문으로부터 아기가 출생한다고 믿는다. 똥은 일종의 선물의 의미를 가지며 마찬가지로 아이도 선물로 표현된다.[44]

이와 같은 맥락에서 바슐라르의 물·불·공기·흙 4원소는 인체를 구성하는 수분과 피, 들숨과 날숨을 쉬는 호흡기, 살과 각각 대응한다. 즉 세계를 구성하는 산, 바다, 나무, 구름 등의 물질성은 전혀 낯선 것이 아니며 인체와 이질적인 다른 무엇이 아니다. 인간의 몸은 세계의 몸을 있는 그대로 본떠 빚어진 것이며 세계의 몸은 인간의 몸을 확대, 전경화한 것이다. 그러므로 인간의 몸속에서 세계의 존재 원리를 발견할 수 있고 세계를 들여다보면서 인간 몸의 생존 원리를 터득할 수 있다. 인체의 조감도는 곧 세계의 조감도이다. 인체의 수분과 피, 폐가 호흡하는 공기와 살로 이뤄진 몸의 내면성이 세계라는 외부로 투사된 것이다. 바다와 강을 보면서 인간은 그것이 자신의 체액으로 채워진 것이라 생각하고, 붉게 타는 노을이나 화염을 보면서 인간은 그것이 자기 안에 있는 뜨거운 피의 요동

---

43 이창재, 『프로이트와의 대화』, 민음사, 2003. p.183.
44 강영계, 『프로이트 정신분석학 이야기』, p.411.

이라 생각한다.

리샤르에 의하면 피는 육체적인 태양이다. 흙이나 밭을 발 아래 디딜 때나 끝없이 펼쳐진 평야와 대지를 바라보면서는 그것이 자신의 살이자 몸의 헌신이라고, 아득한 하늘과 구름 바람을 느낄 때 그것은 자신 안에서 끊임없이 표류하는 영혼의 들숨과 날숨이라고 생각한다. 리샤르식으로 말하자면 몸 속의 심연이 그 바닥을 짚고 다시 위로 솟구쳐 올라오거나 표출돼 나온 것으로서 시적 모험이 감행된 것이다. '세계는 나의 내부에 그를 영접할 공간을 창조한다'고 한 장 바알의 말을 뒤집어서 즉, 세계는 몸의 복제이자 창조물이며 몸의 외재화이다. 그러므로 세계 속에 있다는 것은 몸을 지녔다는 것과 동의어라고 한 사르트르의 말을 다시금 떠올리게 된다.

인간과 세계의 관계는 인간과 인간의 관계, 즉 '나'와 타자의 관계와도 같다. '나'의 몸은 타자의 몸에 의해 감각되는 대상으로서 존재하는 '나'의 몸이며 타자의 몸 역시 '나'의 몸이 감각하는 대상으로서 존재한다. 그러므로 '나'의 몸은 타자의 감각과 지각의 가능 영역에 있는 한 몸인 것이며 타자의 몸 역시 마찬가지다. 그런 면에서 '나'의 몸과 타자의 몸은 서로의 몸을 담보로 하는 불가분의 관계에 있다. 몸은 타자의 시선에 의해 영향받고 있는 의식의 공간화이며 외화(外化)이다.[45]

레비나스에 따르면 타자는 얼굴로 나타난다.[46] 얼굴은 바라보고

---

45 리처드 M 자너, 앞의 책, p.131.
46 엠마누엘 레비나스, 강영안 옮김, 『시간과 타자』, 문예출판사, 1996. p.135.

호소하며 스스로 표현함으로써 사물과는 전혀 다른 차원의 만남을 열어 준다. 얼굴은 존재가 그것의 동일성 속에서 스스로 나타내는, 다른 어떤 것으로 환원할 수 없는 방식이다. 타자의 얼굴에서 오는 힘은 상처받을 가능성, 무저항에 근거하고 있는 것이다. 상처받을 수 있고 외부적인 힘을 막아낼 수 없기 때문에 얼굴에서 도덕적 힘이 나온다고 레비나스는 생각한다. 타자의 얼굴은 그것을 바라보는 주체로서의 '나'에게 정의로워야 한다는 것을 요구한다. 타자의 얼굴이 지닌 비폭력적, 윤리적 저항은 강자의 힘보다 더 강하다. 여기에서 중요한 것은 타자의 그 얼굴을 지각하고 인식할 수 있는 '나' 역시 그 무수한 타자들의 얼굴 가운데 하나라는 사실이다. 타자와 '나'의 얼굴이 눈·코·입이라는 유사성으로 동일시되지 않는다면, 타자의 얼굴은 존재하지 않으며 성립하지 않는다.

이와 같은 맥락에서 가브리엘 마르셀은 어떤 사물이 존재한다고 말하는 것은 그 사물이 '나'의 신체와 똑같은 체계를 지녔다고 말하는 것일 뿐만 아니라 '나'의 신체가 '나'와 결합되어 있듯이 어떤 방식에 있어 '나'와 결합되어 있음을 말하고 있는 것이라고 한 바 있다. 이렇듯 인간은 무엇보다도 필연적으로 몸을 통해 이 세계와 연결되기 때문에 이 세계는 하나의 정신이라기보다는 하나의 몸이라고 말할 만하다.[47]

거대한 세계 안에서 시인의 자아란 하나의 의문 부호, 물음표[?]

---

47 이거룡·조민환·정화열·조광제·이정우·홍성욱·조영란·박여성·강성원, 『몸 또는 욕망의 사다리』, 한길사, 1999. p.114.

이다. 세계가 던지는 질문에 시인은 답을 할 의무가 있다. 마찬가지로 시인은 세계에 질문을 던져야 하며 그 답을 유추해 볼 수 있어야 한다. 시는 세계와 시인 사이에 오가는 문답과 교감의 형식이라고 할 수 있다. 시를 쓴다는 것은 무엇보다도 먼저 세계를 읽는다는 것이고 그 세계를 구성하는 인자(因子)로서의 자아를 읽는다는 것이다. '읽는다'는 행위는 그 대상의 안을 들여다보며 거기 작용하고 있는 존재의 비밀을 깊이 알고자 하는 노력이다. 그러한 성찰과 탐구와 모험의 흡수·소화기관을 거쳐 몸 밖으로 배출된 시는 읽혀진 세계 및 자아의 모습과 흡사한 것으로서 시인 자신의 반영이자 세계의 모사이다.

다시 말해 시인은 그가 쓰는 시를 통해 낯선 세계와 자아를 해명하고 밝혀내려 하지만, 그 시는 그가 보고 듣고 느끼는 세계와 몸적 자아의 물질성의 범주에서 벗어나지 못한다. 기실 그가 발견한 세계란 이미 오래 전부터 그의 몸속에서 숨쉬고 있던 낯익은 형상이고, 그가 그토록 알고 싶어했던 그의 몸이란 세계의 한 미니어처 (miniature)일 뿐임을 그는 깨닫는다. 그에게 있어 시를 쓴다는 것은 세계와 자아의 밀월 관계를 끊임없이 확인해 가는 작업이며, 자아의 확장·상승 작용을 통하여 세계를 확장하고 세계를 점유하려는 열망이다.

3. 유치환과 다원의 깃발

1941년 시집 『靑馬詩鈔』를 간행한 뒤 1967년 불의의 사고로 타계

하기까지 10여 권 분량의 저작을 남긴 시인 유치환은 다원성의 시인이라고 할 수 있다. 다원성이란 일단은 그의 시세계가 보여주는 다양성에서 연유한 것이기는 하다.[48] 그러나 그 다원성의 기저에는 시를 어떤 특정한 것으로 규정지음으로써 거기에 구애받지 않으려는, 더욱이 자신의 시를 한정된 정체성 속에 가둬놓지 않으려는 시인의 담대하고 활통한 정신이 숨어 있다. 즉, 다양성은 표상적이지만 다원성은 좀 더 근원적이며 내재적이다. 그러므로 단순히 표면적으로 드러나는 다채로움으로서의 다양성을 넘어, 유치환 시의 다원성은 그대로 인간 유치환이자 동시에 시인 유치환이 가진 다원성이기도 하다. 그 다원성의 정체를 낙관과 비관 또는 허무, 부드러움과 단단함, 여성적인 것과 남성적인 것, 내면적인 것과 외향적인 것 등이 길항하면서 공존하는 이율배반성으로 규정해 보았다. 이때 유치환 시의 주요 화두인 생명 또는 목숨은 하나의 생물체이자 유기체로서의 인간 유치환적 측면과, 시는 시를 쓰면서 시를 고뇌하는 시인 유치환적 측면과 맞닿아 있다.

일찍이 유치환은 그의 산문을 통해 다음과 같이 토로한 적이 있다.

나의 시란 것은 내가 말하고 싶은 것을 시라는 허울을 허가 없이 빌려 뒤집어쓴 것에 불외하다 함이 마땅할 것이다. 내가 나의 인생에 대해서 너

---

48 유치환의 시세계는 다양하다. 그의 시는 「행복」, 「그리움」, 「메아리」 등의 순수 서정시에서부터 일상적인 생활의 정경과 심경을 토로한 시, 「흐름에 잠긴 小刀」 와 같이 사물 자체에 대한 해석력이 번뜩이는 시, 「뜨거운 노래는 땅에 묻는다」와 같은 사회 참여적·비판적 시들에 이르기까지 다양한 스펙트럼을 가지고 있다.

무나도 다변하였음을 새삼스리 느끼지 않을 수 없다. 그러나 이 다변벽(多
辯癖)이 결국은 커다란 허무의 협박 앞에 선 비소자(卑小者)의 자신의 비
력(非力)을 망실(忘失)하기 위한 조갈한 편집(偏執)의 소치인 동시 장차의
커다란 침묵을 위한 배설임을 스스로 믿는 바이다. 더구나 나의 이 글들이
언제나 나의 인생에 있어서 가차(假借) 없고 가식 없는 진실을 오직 밑바
닥하고 우러나온 것이었고 보니 이제야 그 진실을 내 자신 마지막 증거할
때가 이르고 있음을 나는 지금 곰곰이 깨쳐 느끼는 것이다.[49]

시인은 자신의 시 쓰기를 다변의 산물, '다변벽'이라 칭하면서
시 쓰기와 동의어일 수 있는 이 다변벽이 '커다란 허무의 협박 앞에
선 비소자(卑小者)가 자신의 비력(非力)을 망실(忘失)하기 위한 조갈한
편집(偏執)의 소치인 동시에 장차의 커다란 침묵을 위한 배설'임을
힘주어 말하고 있다.

유치환의 시세계는 물, 불, 공기, 흙 등의 물질성이 활달하고 거
침없이 펼쳐지는 물질적 상상력의 방대한 텍스트이다. 그의 시세계
는 시인 내면에 충만한 물질적 페르소나의 다채로운 변신을 보여준
다. 세계가 존재한다는 것은 의식이 신체화되어지는 한에서라는 사
르트르의 말을 바꿔 말하자면, 유치환에게는 의식이 물질화되어지
는 한에서 비로소 세계가 존재한다.

이것은 소리없는 아우성
저 푸른 해원(海原)을 향하여 흔드는
영원한 노스탈쟈의 손수건

---

49 유치환, 『第九詩集』후기, pp.203~204.

순정은 물결같이 바람에 나부끼고
오로지 맑고 곧은 이념의 푯대 끝에
애수는 백로처럼 날개를 펴다.
아! 누구인가?
이렇게 슬프고도 애닲은 마음을
맨 처음 공중에 달 줄을 안 그는.

─「깃발」 전문

깃발의 시니피에는 '영원한 노스탈쟈'와 '순정'과 '애수', 그리고 '슬프고도 애닲은 마음'의 표상이다. 시니피앙은 '공중에 달려 흔들리고 나부끼고 날개를 펴는 손수건'이거나 '소리없는 아우성'이다. 생명 또는 목숨은 누구에게나 공통된 업이지만, 동시에 각자 짊어져야 할 수밖에 없는 것이라서 그것은 저마다의 굴형 속에서만 공명하는 '소리 없는 아우성'일 수 있다. 영원히 치유될 수 없음을 알기에, 영원히 흔들려야만 할 운명인 '노스탈쟈의 손수건'은 차라리 모든 생명 감각을 거부하고 망각함으로써 존재 자체의 에네르기를 극대화하려는 바위의 무생물적 생명성과 겹쳐지거나 또는 치환된다. 이 지점이 바로 '바위'이자 '깃발'인 유치환 시의 이율배반성, 생물적이자 무생물적인 생명의 이율배반성이 생겨나는 지점이라고 할 수 있겠다.

바람 센 오늘은 더욱 너 그리워
긴종일 헛되이 나의 마음은
공중의 기빨처럼 울고만 있나니
오오 너는 어디메 꽃같이 숨었느뇨

─「그리움」에서

에서도 시인의 그리움과 갈망은 공중에서 '울고만 있'는 깃발로 표현된다. 그러나 그렇듯 바람 센 날 공중에 매달려 '긴종일' 격렬하게 느껴 우는 마음조차도 헛되고 헛된 것이어서, 그리운 '너'의 숨어 있음은 '꽃같이' 더욱 절묘하게 완성된다.

마치 시인의 격렬한 그리움의 '공중'의 뒤안길인 듯한 다음 시에서 저녁별은 한결 차분해지고 노회해진 시인의 모습을 보여준다.

> 가슴을 저미는 쓰라림에
> 너도 말없고 나도 말없고
> 마지막 이별을 견디던 그날 밤
> 옆 개울물에 무심히 빛나던 별 하나!
>
> 그 별 하나이
> 젊음도 가고 정열도 다 간 이제
> 뜻않이도 또렷이
> 또렷이 살아나―
>
> 세월은 흘러가도
> 머리칼은 희어 가도
> 말끄러미 말끄러미
> 무덤가까지 따라올 그 별 하나!

―「별」 전문

'세월은 흘러가'고 젊음도 흘러가 '머리칼이 희어 가'는 늙음의 시간이 오고 끝내 무덤에 묻힐 그날, 무덤에 묻힌 뒤의 그날까지도 결코 지워지지 않을 흔적처럼 시인의 영혼처럼 영혼의 뇌관처럼

‘말끄러미 말끄러미’ 밤하늘에 빛나고 있는 별 하나!

　이처럼 유치환의 낮에 걷잡을 수 없는 피의 뜨거움으로 퍼덕거리는 ‘깃발의 공중’이 있다면, 유치환의 밤에는 서늘하지만 뼛속 깊이 명징하게 각인된 ‘별의 공중’이 있다. 그런가 하면,

<blockquote>

대밭에는

무수한 소년들이 들어 있어

그 어늣적 어느 날

한번 들어가고는 돌아올 줄 모르는

즐거운 소년들이 그 안에 있어

</blockquote>

—「風竹(3)」 전문

에서 보듯 바람에 흔들리는 대나무 밭에는 장난기 어린 ‘즐거운 소년들’, 저네들끼리의 놀이에 빠져 세월 가는 줄 모르고 세상사도 나몰라라 잊은 ‘즐거운 소년들’이 ‘들어 있’다. 대밭이 흔들리는 건 거기 ‘들어가고는 돌아올 줄 모르는’ 무수한 바람 때문이다.50)

50　純情은 물결같이 바람에 나부끼고
　　나는 바람처럼 또한
　　孤獨의 哀傷에 한 道를 가졌노라

—「離別」

　　비와 바람을 더불어 근심하고
　　나의 生命과 生命에 속한 것을 열애하되

—「日月」

　　蕭條히 地底를 구우는 無色陰風을 듣는가
　　그대는 바람같이 사라지고

또한 시인에게 구름은 '음악이여/장엄한 음악이여/저렇듯 크낙한 푸른 오선지 위에다 연주하는/한량없이 장엄한 음악'(「구름」)으로 이때 구름이 떠 가는 하늘은 '저렇듯 크낙한 푸른 오선지'로서 시인이 경이로움으로 바라보는 또 다른 '공중'이 된다.

시인이 공중에서 절창하던 그리움은 어느새 '파도야 어쩌란 말이냐/파도야 어쩌란 말이냐/임은 뭍같이 까딱 않는데/파도야 어쩌란 말이냐/날 어쩌란 말이냐'(「그리움」)에서처럼 파도가 되어 물결 치고 '나의 창 앞에 종일을 붙어서서/비럭지처럼 무엇을 졸르기만'(「五月雨」)하는 비의 이미지로 금세 바뀌기도 한다. 반면 그리움에서 놓여나면 시인에게 물은 평안과 안식의 거처가 된다.

> 여기는 나의 적요(寂寥)의 공동(空洞)
> 투명히 절연체된 망각의 변애(邊涯)어니

내 또한 바람처럼 외로이 남으리니

—「病妻」

하그리 못내 감당하여 애닯던 生涯도
정처없이 지나간 一陣의 바람

—「드디어 알리라」

이숭원은 청마 시에 빈번히 등장하는 바람 이미지가 어떤 곳에선 평범한 자연의 바람으로 나타나기도 하지만 때로는 생 자체의 냉엄한 법칙으로서, 생의 비정함의 징후로서, 혹은 삶의 무상함을 표방하는 대상으로서 중요한 자리를 차지하고 있음을 밝힌다. 바람은 외부에서 시인의 가열한 정신을 향하여 들어오는 타자(他者)이며 만물을 무화시키는 어떤 것이다. '蕭條히 地低를 구우는 無色陰風'은 음산한 분위기와 함께 죽음의 한 징후처럼 생각되기도 한다. 외면적인 자연의 바람을 시인은 내면화하여 자신의 관념 영역 속에 끌어들이고 있다.(이숭원·박호영, 『韓國 詩文學의 批評的 探究』, 삼지원, 1985. pp.54~55.)

(중략)

나는 호을로 이 무인한 백사(白沙) 우에
걸인처럼 인생을 나태(懶怠)하노라

—「東海岸에서」에서

　바닷가에서 시인은 존재 및 생의 '적요'와 '망각'을 누리고 만끽하며 심지어 '걸인처럼' 인생을 방기할 수 있는 자유와 나태를 꿈꾸기조차 한다. 이때 바다 또는 물의 흐름은 끊임없이 비우고 지우는 무(無), 즉 소멸을 향한 지향이며 시인이 그곳에 이르러 '걸인처럼 나태한' 인생이라는 부유물을 대신 실어 나르거나 수장(水葬)할 운반처가 된다. 그것은 정화와 재생을 위한 흐름이자 움직임이기도 하다.

　소도(小刀)는 찌르는 것, 베는 것!

　파르란히 짙푸른 하늘이며 스쳐 가는 하얀 구름송이며가 화안히 들여다 보이는 조그마한 맑은 개울 속에 어짠 소도 하나가 잠겨 있다

　소도는 찌르는 것, 베는 것!

　맑은 흐름은 쉼 없이 이 소도의 도신(刀身)을 헹기고 씻고 헹기고 씻어 흐른다 흐르기만 한다
　소도는 찌르는 것, 베는 것!
　오직 명쾌 예리한 일체 부정으로만 있는 이 쾌도(快刀)의 불굴한 사변(思辨)을 달래고 눈감기고 달래어 그의 결의의 단안을 유화 굴복(宥和屈服)시키기에 물은 그의 우유 부단한 본성으로 한결같이 어루만지고 귀속

거리고 재잘거리고 윤무(輪舞)하기를 말지 않나니

소도는 단연히 찌르는 것, 베는 것!

그러므로 그는 그의 본연―비상한 과단(果斷)의 둘레를 쉼없이 감돌아
드는 온유의 고혹(蠱惑)에서 애써 놓여나려 한다 도사리려 한다

그러나 어찌 칼이 물을 베랴, 찌르랴!

진실로 반결(反決)할 줄 모르는 선성(善性)의 그 오직 무량한 양 앞에 완
악(頑惡)은 마침내 한 개 흉기의 형해(形骸)로서 녹쓸어 가고 허탈된 행위
의 그 관념만이 다만 관념만으로 또렷이 또렷이 씻기어 남아 감을 본다
―「흐름에 잠긴 小刀」 전문

얼핏 보아 '찌르는 것, 베는 것!'이라는 소도(小刀)의 속성에 초점
이 맞춰진 듯 보이는 이 시는 그러나 선행 연에 반복적으로 배치함
으로써 소도의 속성을 강조하는 방식을 통해 그와 대립적으로 뒤따
라 나오는 물의 속성을 더욱 돋보이게 하는 효과를 내고 있다. 소도
는 찌르는 것, 베는 것이지만 그 소도는 '하늘이며 구름송이가 화안
히 들여다보이는' 거울 같은 '맑은 개울 속에 잠겨 있다'. 물에 잠
겨 있는 소도는 그 본연의 속성을 발휘할 수 없는 것이다. 소도는
찌르는 것, 베는 것이지만 물의 '맑은 흐름'은 소도의 '도신을 헹기
고 씻'기며 흐르기만 함으로써 소도의 공격적인 속성을 소멸시키고
정화한다. 또한 소도는 찌르는 것, 베는 것이지만 물은 '한결같이
어루만지고 귀속거리고 재잘거리고 윤무하기를' 그치지 않음으로
써 소도를 물의 흐름 속으로 끌어들이며 '쉼없이 감돌아드는 온유

의 고혹'이 된다. 마침내 소도는 물을 벨 수도 찌를 수도 없는 칼의
무력을 고백하기에 이른다. 물은 '진실로 반결(反決)할 줄 모르는 선
성(善性)의 그 오직 무량한 양'이며, '완악(頑惡)' 그 자체인 소도는
물 속에 잠겨 '한 개 흉기의 형해(形骸)로서 녹쓸어' 갈 뿐이다.[51)
시인이 「흐름에 잠긴 小刀」에서 소도의 날카롭고 공격적인 속성에
비춰 묘사한 물은 순수와 정화, 소멸과 재생, 부드러움과 그 우월함
등 바슐라르적 물 이미지로 충만하다.

　유치환이 공기와 물의 상상력을 보여줄 때, 그의 시는 격정적이
고 애상적이 되며 그는 한없이 나약하고 여성적인 페르소나의 시인
이 된다. 그러나 「바위」나 「고목」, 「거목에게」 등과 같은 시에 오면
그에게서 전혀 상반된 이미지를 발견할 수 있다.

　　　내 죽으면 한 개 바위가 되리라
　　　아예 애련(愛憐)에 물들지 않고
　　　희로(喜怒)에 움직이지 않고
　　　비와 바람에 깎이는 대로
　　　억년(億年) 비정(非情)의 함묵(緘默)에
　　　안으로 안으로만 채찍질하여

---

51 최동호는 물의 물질적 공간 속에 잠겨 있는 小刀를 바라보고 있는 시인의 의식
　이 물과 칼의 변증적 상상력을 암시한다며 그것을 공격과 방어, 대결과 화해의
　이중성이라고 보았다. '이 시의 마지막 연에서 칼의 形骸는 행위와 관념의 변증
　법으로 무량한 물의 본성 속에 해체되어 가고, 다만 관념만이 또렷이 물 속에 남
　는다. 우리가 여기서 추출할 수 있는 것은 행위의 관념과 물이 본원적으로 일치
　한다는 속성이다. 물은 인간적 삶의 총체를 포용하는 물질적 상상력을 대변한
　다'.(최동호, 『韓國 現代詩의 意識現象學的 研究』, 고려대학교 민족문화연구소,
　1989. pp.84~85)

드디어 생명도 망각하고

흐르는 구름

머언 원뢰(遠雷)

꿈꾸어도 노래하지 않고

두 쪽으로 깨뜨려져도

소리하지 않는 바위가 되리라

—「바위」전문

유치환의 대표적 시 가운데 하나인 「바위」에서 '바위'는 '애련(愛
憐)에 물들지 않고 희로(喜怒)에 움직이지 않는' 단단하고 불변적인
고체성을 표상한다. 그 고체성은 '애련'이나 '희로'에 대한 저항이
자 거부로서 죽음을 통해서만이 획득될 수 있는 것으로 나타난다.
그렇다면 여기에서 '애련'과 '희로'를 죽음과 대립항에 놓여 있는
삶의 한 속성으로 추출할 수 있을 것이다. 이때 바위는 생래적으로
인간에게 주어진 불안정함이나 나약함의 질곡을 벗어나 화자가 지
향하는 단단한 생명체의 이미지가 된다. 최동호는 이 바위로 응결된
의식이 유치환에게 부여되는 대가(大家)적 풍격(風格)과 결코 무관한
것이 아니며, 우리 현대시의 정신사적 흐름에서 이육사적 특질과 깊
이 관련된 남성적 기질을 시사한다고 보았다. 이 두 시인 모두 광막
한 북만(北滿)의 체험을 통해 삶의 가열성과 비장함을 처절히 인식함
으로써 1920년대 중요한 시적 흐름의 하나였던 여성적인 호흡과 연
약성으로부터 벗어날 수 있는 가능성을 공유한다는 것이다.[52] 그런

---

52 최동호, 앞의 책, p.77.

데 화자의 결의와 희구는 예사롭지 않아서 그는 '생명도 망각하고', '꿈꾸어도 노래하지 않으며', '깨뜨려져도 소리하지 않겠다'는 다소 극단적인 각오를 드러낸다. 게다가 자신을 그런 극한으로 몰고 가기 위해 그가 선택하는 방법은 '안으로 안으로 자신을 채찍질' 하는 것이다. 그렇다면 그가 그토록 자기 자신을 담금질하면서까지 바위의 고체성에 도달하려고 하는 것을 단지 확고부동한 존재로서의 바위에 대한 건강한 지향성이라고 말할 수 있을 것인가 하는 의문이 생긴다. 유치환은 일찍이 「귀똘이」라는 그의 시에서,

> 귀똘이
> 귀똘이
> 귀똘이가 타이른다
>
> 목숨은
> 목숨은
> 아껴야 하네라고
>
> 귀똘이
> 귀똘이
> 귀똘이가 타이른다

며 목숨 또는 생명의 소중함을 강조하고 생명에 대한 낙관적인 태도를 천명했었다. 그러한 낙관성은 그로 하여금

> 이 광대무변한 우주 가운데
> 오직 비길 수 없이 작은 나의 목숨이여

비길 데 없이 작은 목숨이기에
아 표표한 이 즐거움이여

—「목숨」에서

라고 하며 '비길 데 없이 작은 목숨' 임을 인식할 수밖에 없는 생의 큰 허무 속에서 작은 목숨이 무성 생식하는 '표표한 즐거움' 을 찾아내는 큰 낙관에 이르도록 만든다. 그런 까닭에 시인에게는 외로움도 '즐거운 외로움'(「車窓에서」)일 수 있었으며 고독마저도 '열렬한 고독'(「生命의 書」)일 수 있었던 것이다. 이렇듯 사소한 목숨의 더욱이 소소한 즐거움마저 아는 시인이건만, '즐풍목우(櫛風沐雨), 천재(千載)의 성상(星霜)을 우러르고, 더욱 찍힐 날을 기다려 내 섰노라'(「古木」)는 시인의 두려울 것 없이 위풍당당한 기상은 시 「바위」와 '발은 굳게 대지에 놓았고/이마는 구름 밖에 한결같은 창궁(蒼穹)을 우러렀으니//산이여/너는 끝내 의혹하지 않을지니라'(「山(2)」)에서 어느덧 흙과 대지에 견고하고 굳건하게 뿌리 내린 바위와 산으로 변신해 끊임없이 부동(浮動)하는 물과 유동적인 공기의 상상력에서 탈피하는 모습을 보여준다. 「깃발」과 「바위」의 페르소나는 시인 내면에 있는 이중적 페르소나로, 공존하는 것인 동시에 아킬레스건과 같이 서로를 자극하며 서로에 대한 반동으로 표출되고 발현되는 것이라고 볼 수 있다. 사실 유치환이 확고한 「바위」의 시인일 수 있었던 것은 「깃발」이나 「그리움」의 유치환이 있었기에 가능했던 도약 아닐까. 「깃발」의 유치환과 「바위」의 유치환은 시인 안에 있는 이중적이고 양가적인 물질적 페르소나를 대

변한다.[53]

「바위」로 표상된 시인의 강건한 생명에의 의지는

저 머나먼 아라비아(亞喇比亞)의 사막으로 나는 가자

거기는 한 번 뜬 백일이 불사신같이 작열하고

(중략)

오직 아-라의 신만이
밤마다 고민하고 방황하는 열사(熱沙)의 끝

그 열렬한 고독 가운데
옷자락을 나부끼고 호올로 서면
운명처럼 반드시 '나'와 대면케 될지니

—「生命의 書(1章)」에서

에서처럼 '사막'이 '작열'하고 '고독' 조차 '열렬'한 불의 뜨거움을

---

53 김춘수는 그의 「유치환론」(『문예』, 1953.6)에서 청마 시의 본질은 의지가 아니라
애상적인 감상이며 자신의 애상적 기질과 생리에 저항하기 위해 의지의 세계를
표방한 것이라고 분석하였다. 김춘수는 청마의 시가 감정을 압살하려 하고 의지
의 세계를 표방하려 했으나 결국 그것에 실패했다고 비판했다. 김윤식 또한 「허
무의지와 수사학」(『현대시학』, 1970.10~11)에서 '비정적이려 한 것 자체가 다정
다감함에 대한 공포에서 온 것'이라고 언급한 바 있다.(이숭원, 「유치환 시의 이
원성과 고독」, 『20세기 한국시인론』, 국학자료원, 1997. pp.277~278) 최동호 역
시 유치환은 근본적으로 그 의식의 심층에서 아니마적이었으며 그의 시의 표층
에는 이에 대응하는 아니무스적인 것이 전경화(前景化)된 것으로 보인다고 지적
한 바 있다. (최동호, 앞의 책, p.92)

향해 치달린다. '바위'는 이윽고 '불사신'이 되려 하고, 시인은 '운명처럼' 필연적으로 맞닥뜨리게 될 자신의 낯설고도 새로운 자아 혹은 이미 익히 알고 있는 자아와 대결하고자 한다.[54] 그것은 '한결같이 굴러가는/신념의 피의 불꽃의 화차(火車)'(「鐵路」)를 닮아 있다. 화차는 '한결같이 굴러가'고, 화차를 한결같이 굴러가게 하는 힘은 '신념'으로 뭉친 뜨거운 '피'와 그 신념의 피로 뭉치고 점화된 '불꽃'이다. 그러므로 신념, 피, 불꽃은 신념〈피〈불꽃의 부등식이 성립하는 관계이면서도 결과적으로 신념=피=불꽃의 등치 관계를 이루게 된다. 그것은 뜨거운 것, 타오르는 것, 용솟음치는 것, 좀처럼 사그라들지 않는 것들이라는 점에서 등치이다. 이러한 시인의 피는 꽃으로도 피어난다. 리샤르적 관점으로, 피는 몸 속에서 타오르는 불로서 삶의 액체적 비밀을 존재의 가장 구석진 부분에까지 미끄러져 들어가게 한다.

> 그대 위하여
> 목 놓아 울던 청춘이 이 꽃 되어
> 천년 푸른 하늘 아래

---

54 최동호에 의하면 사막은 모든 감정의 덩어리가 작열하는 태양에 의해 남김없이 분쇄된 곳이자 오든의 말을 빌리면 사막은 생명의 물이 결여된 장소이며 시련과 정화의 장소이다. 세계의 사악함을 거부하고 육체적 삶을 버리며 정신적 명상이나 시련에 도전하는 장소이다. 그곳은 악의 도시를 거부하는 정화의 장소이며 정의와 이상이 실현되는 곳이다. 이 시련에 도전하고, 참고 살아남을 수 있는 신념과 용기를 가진 자만이 새로운 생활이 약속된 세계로 들어갈 수 있는 것이다. 이 사막의 시련 속에서 새로운 자아의 발견이 유치환에게는 매우 중요한 계기가 되었다. 그는 열렬한 고독과 자신과의 단독적인 만남을 운명처럼 의식하였던 것이다.(최동호, 앞의 책, p.74)

소리 없이 피었나니

그날
한 장 종이로 꾸겨진 나의 젊은 죽음은
젊음으로 말미암은
마땅히 받을 벌이었기에

원통함이 설령 하늘만 하기로
그대 위하여선
다시도 다시도 아까울 리 없는
아아 나의 청춘의 이 피꽃!

—「冬柏꽃」 전문

'목 놓아 울던 청춘'의 꽃, '그대 위하여선 다시도 다시도 아까울
리 없는 청춘의 이 피꽃'은 바로 동백꽃이다. 시인은 동백꽃에서 젊
음의 열정과 혈기로 말미암은 원통한 죽음과 뜨거운 청춘의 정열과
순정이 피처럼 붉게 빚어낸 '피꽃'의 환영을 본다. 피라고 해서 붉
은 것만이 피이겠는가! 불이라고 해서 붉은 것만이 불이겠는가! 시
커먼 불도 있고 백색의 불도 있다.

시커먼 태양은
한중천 깊이에서
해바라기처럼 심심히 이글거리고
만물은 안으로 백금선(白金線)
제마다 부신 채 눈 떠 있다

—「한밤의 太陽」 전문

리샤르에 의하면 태양은 유해하지 않은 불이요 존재를 소생시키는 위대한 자극제이다. 그리고 피와 불은 육체적인 태양의 이름이다. 한밤의 '시커먼 태양'은 밤하늘 보이지 않는 깊은 곳에서도 '이글이글' 자신을 불태우며 다시 떠오를 아침을 벼르는 생명력을 발하고, 세상 온갖 만물은 저마다의 생명에 제 스스로 '부신 채 눈 떠 있다'. 유치환의 시인은 물·불·공기·흙의 물질적 상상계를 거침없는 보폭으로 활보한 다원의 시인이다.

4. 김소월과 무인칭 시

엘리어트(T. S. Eliot)는 「전통과 개인의 재능」이라는 그의 시론에서 이른바 몰개성(또는 비개성·impersonal) 시론을 피력한다.

> 예술가의 진보란 끊임없는 자기 희생과 끊임없는 개성의 배제이다.
> The progress of an artist is a continual self−sacrifice, a continual extinction of personality.

> 가는 백금이 있는 상태에서 산소와 이산화황이 결합되면 아황산이 된다. 이러한 결합은 백금이 있을 경우에만 발생한다. 그런데 새로 형성된 산에는 백금의 흔적이 전혀 없으며, 백금 자체도 전혀 영향받지 않고 불활성, 중성의 상태로 변하지 않은 채 남아 있게 된다. 시인의 정신은 백금 조각(the shred of platinum)이다. (중략) 더 완벽한 예술가일수록 자신 속에 있는 경험하는 사람과 창조하는 정신이 더욱더 철저히 분리되며, 정신은 열정이라는 재료를 더욱더 완벽하게 소화해서 변형시킨다. (중략) 시인의 정신은 사실상 수많은 감정들, 구절들, 이미지들을 포착하고 쌓아 놓는 저장

소이다.[55]

When the two gases previously mentioned are mixed in the presence of a filament of platinum, they form sulphurous acid. This combination takes place only if the platinum is present; nevertheless the newly formed acid contains no trace of platinum, and the unchanged. The mind of the poet is the shred of platinum. It may partly or exclusively operate upon the experience of the man himself.; but, the more perfect the artist, the more completely separate in him will be the man who suffers and the mind which creates; the more perfectly will the mind digest and transmute the passions which are its material. (⋯) The poet's mind is in fact a receptacle for seizing and storing up numberless feelings, phrases, images, which remain there until all the particles which can unite to form a new compound are present together.

시인은 표현되어야 할 개성이 아니라 특정한 매개물로서, 개성이 아니라 단지 매개물일 뿐인 그의 안에는 독특하고 예기치 못한 방식으로 결합된 느낌과 경험이 존재한다.

for my meaning is, that the poet has, not a personality to express, but a particular medium, which is only a medium and not a personality, in which impressions and experience combine in peculiar and unexpected ways.

즉, 엘리어트에 따르면 시인은 촉매(catalyst)로서 결합을 촉진할 뿐이기 때문에 자신의 개성을 합성물에 투사하지도 않고 자신도 그 재료들에 의해 영향받지 않는다. 이렇게 창조되는 시란 특별한 혹은 아주 다양한 감정들이 융합되어 만들어진 새로운 '화합물(combination)'이다. 또한 시란 시인 자신의 개인적 상상력의 표현이

---

55 이일환 편역, 『현대 미국시와 시론』, 새문사, 1984. pp.186~187.

아니라 촉매로서만 작용하는 시인을 통해 서로 다른 감정적 혹은 경험적 재료들이 새롭게 조합된 것일 뿐이다.[56]

엘리어트 시론의 핵심은 개인 혹은 개성을 부정한다는 것이다. 개인 혹은 개성을 부정한다는 것은 시인이기 이전에 시인에게 주어져 있는 부득이한 개별성, 즉 사적인 인격을 부정한다는 것이다. 엘리어트가 말하는 '경험하는 사람'과 '창조하는 정신'의 이분법은 바로 개인과 시인의 이분법에 다름 아니며 그것은 개성(personality)과 비개성(impersonality)의 대립이기도 하다. 시인이 가진 하나의 인격, 개인성 혹은 개성은 누에가 껍질을 벗듯 끊임없이 거기서부터 탈피해 나와야 하고 변증법적으로 그것을 지양해야만 하는 어떤 것이다. 왜냐하면 시인은 시의 저장소(receptacle)이자 매개(medium)여야 하기 때문이다. 여기에는 시가 단지 한 개인의 감정이나 정서의 표출물이 아닌 새로운 합성물 또는 화합물이라는 선행 명제가 있다. 시인은 시의 매개자이자 저장소이고 시는 그 안에서 새로이 합성된 화합물이라는 엘리어트의 명제엔 시로부터 특정의 개인성에서 비롯된 개성이나 사적인 흔적을 모두 배제하려는 의도가 담겨있다. 바꿔 말하자면 한 편의 시는 물론 그 시를 쓴 시인에게서 나온 것이지만, 결코 시인의 사적인 전유물일 수 없으며 사적으로 유래된 것이 아니라는 점을 강조하려는 것이다.

맥락을 약간 달리하긴 하지만 시인을 매개자로 인식한 점에서는 조선 후기 문인 이옥(李鈺)이나 네르발, 노발리스 등 서구 낭만주의

---

56 김준환, 「T. S. 엘리어트의 '전통'은 얼마나 역동적인가?」, 『안과밖』, 2005. 봄.

시인들의 경우[57]도 엘리어트와 겹쳐지는 면이 없지 않다. 시인이 시를 만드는 것이 아니라 시인의 내면에서 자라는 어떤 창조적 힘에 의해 시가 씌어진다는 것이다. 조선 전기의 문학관은 문학을 도(道)의 구현 수단으로 보는 효용론적 입장이 강한 재도론(載道論)의 관점을 취하였다. 그러나 조선 후기 들어 실학(實學)이 새로운 사상적 조류로 등장함과 더불어 장유(張維), 홍대용(洪大容), 이옥 등의 시인들은 기존 관점에 비판적 입장을 제기하고 탈(脫)규범과 반(反)기교의 기치하에 시인을 통한 시적 감정의 자연스러운 표현을 중시하는 시관(詩觀)을 피력하였다. 이른바 천기(天機)는 당시의 이러한 시관을 보여주는 핵심 용어로서 시에 대한 인식의 근대적 전환을 꾀하고자 한 것이었다.[58] 특히 이옥은 '시란 자연 가운데서 나온 것(詩出稿於自然之中)'이라는 시의 자연 발생설을 주장하면서 '천지만물이 시를 짓는 자와의 관계에 있어서 시인의 꿈에 의탁하여 그 상을 드러내고 악기에다 정을 통하게 한 것에 불과하다. 그러므로 만물이 사람에게 기탁하여 바야흐로 시가 되게 한다(天地萬物之於作之者 不過托夢而現相 赴箕而通情也 故其假於人而將爲之詩也)'라고 하였다.[59] 이는 시인을 자연과 시를 연결하는 매개적 존재, 통(通)하면 절로 울리는 '악기'와 같은 존재로 보는 그의 시관을 드러낸 말이라고 할 수 있다.

---

57 김준오 외 공저, 『동서 시학의 만남과 고전 시론의 현대적 이해』, 새미, 2001. p.116.
58 김준오, 위의 책, p.86.
59 위의 책, p.107.

서구 낭만주의 시인들 또한 시인을 자연과 동일시하거나 매개적 존재로 생각했다. 에드워드 영(Edward Young)은 시를 '식물'에 비유하여 '천재라고 하는 생기 넘치는 뿌리'로부터 시가 자라나는 것이라고 했다. 이때 '천재라고 하는 생기 넘치는 뿌리'는 곧 시인 또는 시인의 창조적 상상력을 일컫는다. 이러한 관점은 시인이 작품을 만드는 것이 아니라 작품을 잉태하는 산모 역할을 한다는 입장을 피력한 것이었으며, 슈미트(Carl Schmit)는 심지어 '인간이 펜을 움직일 때 그것은 결코 인간이 움직이는 것이 아니고 신(神)이 펜을 움직이도록 시킨 것'이라고까지 했다.[60]

시를 시인의 인격이나 개성으로부터 끝없이 유리시키고 시와 시인의 결연관계를 끊임없이 해체하려는 시도인 엘리어트 시론은 중심의 해체에 대한 기도라는 점에서 탈구조주의자들의 해체 전략과 마주하게 된다. 존 스티븐 차일즈는 「엘리엇, 전통, 텍스트성」에서 엘리어트가 '몰개성'이라고 부르는 것이 탈구조주의자들이 '상호 텍스트성'이라고 부르는 것임을 간파한다.[61] 그의 주장에 의하면 시인의 끊임없는 자기 희생은 전통 앞에서의 일종의 의식적인 개성 폐기가 아니라, 자신을 텍스트로 전환하는 바로 그 행위에 있어서의 끊임없는 '지움의 회로(circuit of erasure)'이다.

탈구조주의의 시초는 프랑스 언어학자 소쉬르에게서 비롯된다.

---

60 김준오, 앞의 책, p.129.

61 박경일, 「T. S. 엘리엇의 탈구조주의」, 이정호 편저, 『포스트모던 T. S. 엘리엇』, 서울대학교 출판부, 1996. pp.379~380.

소쉬르는 '언어와 언어 사이에는 단지 차이만이 있을 뿐' 이라는 유명한 명제를 선언한다.[62] 지시어와 지시 대상 사이에도 필연적 관계보다는 임의성만이 있을 뿐이다. 엘리어트의 몰개성 시론에 의하면, 시와 시인 사이에 필연적 혈연 관계가 성립하는 것은 아니다. 시인은 단지 시를 위한 촉매제 역할을 할 뿐이어서 시는 시인의 개인성 표출이 아니며, 시와 시인의 관계는 임의적이고, 시와 시 사이에는 본질적이고 명확하게 규정 지을 수 없는 차이만이 있을 뿐이다.

롤랑 바르트는 「저자의 죽음」을 통해 '말하는 것은 언어이지 저자가 아니' 라고 주장한다.[63] 글쓰기는 주체가 도주해 버린 그 중성(中性), 그 복합체, 그 간접적인 것, 즉 글을 쓰는 육체의 정체성에서 출발하여 이윽고 모든 정체성이 상실되는 음화(陰畵)이다. 글쓰기에서 이제 저자라는 신화는 사라졌다. 텍스트는 오로지 언어의 날줄과 씨줄로 이루어진 것이며 텍스트는 더 이상 개인적인 것일 수 없다. 엘리어트는 '예술작품은 해석될 수 없으며, 거기에는 해석할 것이 아무것도 없다' 고 말한다. 엘리어트의 견해에 의하면, 시의 의미는 시인의 일이 아니라 독자의 일이다. 따라서 시의 의미를 뒤쫓는 것은 무의미한 시간 낭비이다. '시의 존재는 작가와 독자 사이의 어디엔가 있다' 고 엘리어트는 쓰고 있다.[64]

한편 데리다의 '차연(differance)' 은 끊임없이 자신의 개성과 감정

---

62 이선영 엮음, 『문학비평의 방법과 실제』, 삼지원, 1983. p.240.
63 롤랑 바르트, 김희영 옮김, 『텍스트의 즐거움』, 동문선, 1997. p.29.
64 박경일, 앞의 글. p.376.

을 지연시키고 유보하는 엘리어트의 탈개성적 시인으로 구현된다. 그것은 중성의 상태로 늘 변하지 않은 채 남아 있는 백금 조각에 비유되는 시인의 정신이기도 하다. 데리다의 해체 개념에 영향을 미친 모리스 블랑쇼 역시 어떤 의미에서 소위 해체의 가장 중요한 선구자였다.[65] 그는 글쓰기에 있어 저자의 익명성(anonymity)을 얘기했으며, 작품의 의미를 저자의 의도에서 찾는 시각에 비판적이었다. 블랑쇼에 따르면 글쓰기는 저자인 '나'의 자리를 언어의 익명성에 물려주라고 요구한다. 언어의 익명성은 글쓴이의 의중이나 독자의 생각이 아니라 이 둘 모두에 앞서는 끝없이 무한한 언어에 근원을 둔다. '아무도 말하지 않는 언어, 누군가를 향해 말하지 않는 언어, 중심이 없는 언어, 그리고 무(無)를 드러내는 언어'에 속하는 것이 바로 작가라는 것이다. 저자는 개념이 아니라 그 낱말들, 언어 그 자체를 부각시키며 사라진다. 글쓰기에서 '나'는 자기 생각의 단일성과 일관성을 뛰어넘는 언어의 외재성에 내맡겨지는 것이다. 이때 언어를 누군가의 사유에 종속된 것이 아니라 언어 그 자체로 경험하게 해 주는 문학 작품을 읽는다는 것은 언어의 익명성 또는 중성성(neutrality)을 체험한다는 것이며,[66] 블랑쇼의 이 중성성 개념은 엘리어트가 강조한 '중성의 백금 조각'과 그 개념 및 지향 면에서 절묘한 일치를 보이고 있음을 발견할 수 있다.

---

65 울리히 하세·윌리엄 라지, 최영석 옮김, 『모리스 블랑쇼 침묵에 다가가기』, 앨피, 2008. p.228.
66 위의 책, p.142, p.146.

엘리어트 시론에서 시인의 정신은 제3의 생성물을 만들어 내는 백금 조각이며 시인은 시를 탄생하게 하는 촉매제, 창조적인 정신과 시작품 사이의 매개자이다. 탈개성화된 엘리어트의 시인은 사실 어떤 의미에서 더 큰 아우라(Aura)가 주어진 시인이다. 왜냐하면 그는 이제 불변하는 백금 조각이며 매개자로서의 그의 존재와 가능성은 무한하기 때문이다. 그리하여 그는 종말과 구원의 시간을 한없이 유보하고 지연시킨다. 엘리어트의 시인은 무한 확장된 시인, 무한 확장을 꿈꾸는 시인이다.

시는 언어의 산물이자 언어적 구조물인데 시어, 즉 시를 구성하는 언어 또한 몸과 마음 사이의 물리적 산물이다. 비코와 바흐친의 언어학을 살펴보자. 비코 언어의 독창성은 비코가 원초적 언어를 강조했다는 점이다.[67] 비코는 언어가 자연에서 관습으로 진화했다고 본다. 따라서 자연의 소리를 흉내 낸 의성어가 먼저 생겨났고 이어 격렬한 정념이 깃든 감탄사가 생겨났으며 이후 대상과 타자를 상정하는 대명사가 등장하게 된다. 다음으로 전치사와 명사가 생겨나고 동사가 맨 마지막으로 발달하는데 이는 어린아이들이 동사를 가장 늦게 터득하는 이치와 같은 것이다. 이 자연어의 뒤에 심상, 직유, 비유, 자연의 특질에 따른 시적 언어가 태어났을 것이라고 비코는 말한다. 또 원시시대에는 사람들이 정신적인 것과 영적인 것을 표현하기 위해 육체 및 육체적 속성으로부터 전이된 어휘들을 사용했다고 한다. 가령 여러 언어에서 무생물에 관한 표현의 대부

---

67 박홍규, 『처음으로 돌아가라: 비코의 생애와 사상』, 필맥, 2005. p.181.

분이 인간의 신체나 감각, 감정에서 가져온 은유적 표현이라는 것
이다. 비코는 이렇게 말한다. '인간은 정신과 몸 사이의 대화이며
언어는 몸과 정신 사이에 존재한다'[68]고.

바흐친의 유물론적 언어관에서 언어는 이데올로기적인 기호가
된다.[69] 바흐친의 언어에는 이데올로기적인 환경으로서의 사회가
반드시 수반된다. 언어가 한 사회에서 의사소통의 기능을 할 때 그
언어는 계급, 계층, 지역, 직업마다 서로 다른 이데올로기적인 기능
을 하고 이러한 기능이 위기의 순간이나 혁명적 상황에 이르면 사
회적 모순을 가장 첨예하게 드러낸다는 것이다. 바흐친에 의하면
언어는 가장 뛰어난 이데올로기 현상이며 모든 이데올로기적인 실
천형태들을 가장 잘 드러내는 것이다. 그러므로 이데올로기의 생성
과정이 물질적인 것처럼 이데올로기와 불가분의 관계에 있는 언어
란 그 자체가 물질적인 것이며 언어의 생성 과정 역시 물질적이라
는 것이다. 바흐친이 말하는 '이질 언어성'[70]이나 말은 가치 평가
하는 개개 인간의 입장을 표현하는 것이라는 '액센트의 복수성'은

---

68 이거룡 외, 『몸 또는 욕망의 사다리』, p.120.

69 이득재, 『바흐찐 읽기』, 문화과학사, 2003. pp.119~133.

70 바흐친이 말하는 이질 언어성의 문제도 액센트의 복수성을 달리 말하는 것에 지
　나지 않는다. 이질 언어성이란 무수한 언어들로 이루어진 세계를 보고 지각하는
　방식인데, 이때 중요한 것은 어느 언어든지 그 언어만의 화자를 갖고 있다는 것
　이다. 그래서 각 화자는 그러한 세계를 지각함에 있어서 자기만의 가치 평가를
　내리게 되고 이 가치 평가 때문에 화자는 자기가 말하고 있는 것에 대해 '중립
　적'일 수가 없고 자기를 둘러싼, 그리고 언어만큼이나 무수한 반응들에 대해
　'자기만의 위치'에서 말을 해야 한다. (『바흐찐 읽기』, p.132)

모두 언어를 사회, 체제, 경제 등 이데올로기적 관련 속에서 작용하는 담론으로 파악하는 바흐친의 초언어학(trans-linguistics) 내지 반언어학(anti-linguistics)적 자세와 무관치 않다. 언어·기호를 담론·이데올로기와 연결시켜 사고하는 그에게 언어는 결코 추상적인 것이 아니다. 그에게 언어는 차라리 '말'이고 '담론'이다. 말은 언어와 달리 살아 있고 구체적이며 말하는 주체의 생생한 감정, 의지, 사고를 응축하고 있기 때문이다. '담화 장르는 무인칭적(impersonal)'이라는 바흐친의 언명에는 개인의 입에서 나오는 말조차도 사회적인 힘들의 생생한 상호작용의 결과라는 그의 메시지가 담겨 있다. 블랑쇼가 상정한 의사소통을 위한 일반 언어와 변별되는 문학 언어 역시 바흐친과는 맥락을 달리하지만, 언어 자체의 물질성을 언명한 점에서는 궤를 같이하는 것이라고 볼 수 있다. 바흐친은 또 언어 외적 요인이 빚어내는 '의미'와 의미를 벗어나면 아무것도 의미하지 않는 '의의'를 구별한다. 언어가 발전할수록 의미는 의의를 포섭하고 다양한 의의는 의미 안에서 응고한다. 그런 까닭에 바흐친 언어에서 의미의 고정성은 허구이다. 왜냐하면 바흐친에게 있어서 의미는 화자와 청자의 상호작용의 결과이고 가치 평가의 과정에서 늘 생멸(生滅)을 거듭하며 변하는 것이기 때문이다.

　의미와 의의를 구별함으로써 언어의 살과 뼈를 구분하는 바흐친의 이원론을 메를로 퐁티식으로 해석하면 의미는 파롤(parol)이며 의의는 랑그(langue)가 된다. 랑그는 '말 되어지는' 언어이며 파롤은 '말하는' 언어이다. 여기에서 도식(schema) 규범(norme) 관용(usage)으로서의 소쉬르적 랑그는 시적 언어로서의 파롤에 의해 밀려난다.

퐁티는 언어들이 만들어 낸 언어들의 자율적 세계를 강조한다. 그
에 의하면 의식이 아니라 말이 사물을 거주하게 만들고 의미작용을
운반한다.[71] 즉, 의식이나 사유가 있고서야 표현이 가능한 것이 아
니라 표현이 있고서야 의식과 사유가 가능하다는 것이다.

푸코 역시 '언표는 물질적 실존을 가져야 한다'는 표현을 했는데
이때 물질적인 것이란 목소리, 문자, 그리고 기호가 될 수 있는 모
든 것들이었다.[72]

존재의 불투명성은 언어 속의 그리고 언어에 의한 빛을 요구한
다. 즉 시의 빛나는 운문들이 그것이다. 루크레티우스에 따르자면
그것은 '부드러운 시적 꿀'의 장식이 내뿜는 쾌락이다. 시는 언어
속의 명령처럼 스스로 드러내고 그러면서 진리를 생산한다.[73]

엘리어트 시론에서도 시는 개별성으로부터 자유로울 수 없는 시
인을 매개 및 저장소로 삼아 태어나지만 시인 자신의 개별적 특성
을 떠나 여러 다양한 감정, 체험, 이미지들이 조합된 전혀 새로운
성분의 화합물이 된다. 이데올로기적인 환경과, 언어가 언어를 증
식하는 파롤과, 의의를 응고시키는 의미 작용이 중층결정된 자율적
인 화합물인 것이다. 그리하여 시는 데리다의 '차연(differance)' 처럼
완결되거나 결정됨이 없이 시인이라는 매개체로부터 끊임없이 파
생돼 나오는 끝도 없고 정처도 없는 언어적 유기체일 뿐이다. 그리

---

71 장문정, 『메를로 뽕띠의 살의 기호학』, 한국학술정보(주), 2005. p.331.
72 위의 책, p.347.
73 알랭 바디우, 『조건들』, pp.137~138.

하여 시는 '무인칭적(impersonal)'인 장르가 된다.

유치환이 크게는 '깃발'과 '바위'로 표상되는 물질적 지향 속에 자신의 페르소나를 다원적으로 드러낸 의미에서의 다원 시인이라면, 김소월은 다양한 물질적 지향 속에 자신의 페르소나를 녹여 내거나 끊임없이 희석해 간 의미에서의 다원 시인이라고 할 수 있다.

우리 시사에서 시인 김소월만큼 시 속에 자신을 완벽하게 숨긴 시인은 없다고 해도 틀린 말이 아닐 것이다. 그는 시 속 화자의 역할에 충실했을 뿐 그 화자 이상 또는 그 이외의 다른 무엇이려 하지 않았고 무엇이기를 바라지도 않았다. 그의 시에서 인간 김소월의 사적인 자취를 찾아보기란 어려우며, 오직 시적 화자의 입을 통해 나오는 이야기만을 들을 수 있을 뿐이다. 그 시적 화자는 때로는 여성적 화자가 되기도 하고 때로는 '우리'라는 공동 화자가 되기도 하면서, 무인칭 혹은 복수인칭 페르소나를 만들어 내고 있다.

시혼은 인간 각자의 영혼이 '가장 이상적인 미(美)의 옷'을 입은 것으로 '절대로 완전한 영원(永遠)의 존재이며 불변(不變)의 성형(成形)'이다.[74] 이때 영혼이란 '우리의 몸보다도 맘보다도 더욱 각자의 그림자같이 가깝고, 가장 높이 갈 수도 있고 가장 높이 깨달을 수도 있는 힘, 또는 가장 강하게 진동이 울려 오는, 반향과 공명을 항상 잊어버리지 않는 악기, 모든 물건이 가장 가까이 비쳐 들어오는 거울'의 표상을 가진 것이다. 그러나 김소월에 따르면 시혼은 직접 시작(詩作)에 이식(移植)되는 것이 아니라 그 음영으로써 현현된다. 존

---

74 김용직 편저, 『김소월 전집』, 서울대학교 출판부, 1996. pp.496~497.

재에는 반드시 고유한 음영이 있는데, 시작(詩作)의 가치 여하는 적어도 그 시작(詩作)에 나타난 음영의 가치 여하라는 것이다. 시인은 시혼이 반향하는 음영을 시로 표현하고 전달하는 매개자가 된다. 이 매개자는 시혼과 음영이 상호 반향하고 함께 공명하는 그 사이에 존재한다.

山에는 꽃 피네
꽃이 피네
갈 봄 여름 없이
꽃이 피네

山에
山에
피는 꽃은
저만치 혼자서 피어 있네

山에서 우는 작은 새여
꽃이 좋아
山에서
사노라네

—「山有花」에서

그립다
말을 할까
하니 그리워

그냥 갈까
그대로

다시 더 한번…

저 산에도 까마귀 들에 까마귀
서산에는 해진다고
지저귑니다.

앞 강물, 뒷 강물
흐르는 물은
어서 따라오라고 따라가자고
흘러도 연달아 흐릅디다려.

—「가는 길」에서

위 두 편의 시에는 화자가 드러나 있지 않다. 표면적으로 드러나는 화자가 없다고 해도 물론 '나'라고 말해질 수 있는 1인칭이면 화자의 존재를 짐작할 수 있지만, 이때의 '나'라는 화자는 '우리'라는 공동의 화자로 확산될 수 있는 복수인칭 또는 무인칭적 화자일 것이다. 더욱이 특기할 만한 것은 김소월 시에서는 시에 등장하는 자연물 자체가 마치 자신의 이야기를 직접 하고 있는 화자인 듯 보인다는 점이다. 「山有花」에서는 '꽃'과 '작은 새', 「가는 길」에서는 '까마귀'와 '앞 강물 뒷강물 흐르는 물'이 자연의 화자가 된다. 꽃은 '갈 봄 여름 없이' 산에 피지만 어인 까닭인지 '저만치 혼자서' 피고, 작은 새는 그렇게 혼자 피는 '꽃이 좋아' 산에서 산다고 얘기하고 있다. 또 까마귀는 '서산에 해 진다'며 저무는 하루에 서글프고 조급한 마음을 까악까악 지저귀고, 앞 강물 뒷 강물 흐르는 물은 '어서 따라오라고 따라가자고' 서로 끌며 밀며 쉬임없이 흘러간다.

이들 안에 이면 화자, 즉 시인이 숨어 있는 것이고 이들에게 감정 이입한 시인이 이들의 대변자 및 모창가(模唱家)가 되어 그들의 입을 통해 자신의 얘기를 하고 있는 셈이다. 이처럼 소월 시는 이면 화자, 공동 화자, 자연물 또는 사물 속으로 감정 이입해 사물화된 화자 등 복수인칭 혹은 무인칭적 화자가 펼쳐 내는 시이다. 소월 시가 획득한 탁월한 서정적 흡인력과 확산하는 힘에는 이러한 시의 무인칭성도 기여한 바 크다.

나 보기가 역겨워
가실 때에는
말없이 고이 보내드리우리다.

(중략)

나 보기가 역겨워
가실 때에는
죽어도 아니 눈물 흘리우리다.

—「진달래꽃」에서

먼 後日 당신이 찾으시면
그때에 내 말이 '잊었노라'

당신이 속으로 나무리면
'무척 그리다가 잊었노라'

그래도 당신이 나무리면
'믿기지 않아서 잊었노라'

오늘도 어제도 아니 잊고
먼 後日 그때에 '잊었노라'

—「먼 後日」전문

위 두 편의 시에는 앞에 소개된 시와 달리 '나'라고 말해지는 뚜렷한 1인칭 화자가 등장하고 있다. 그러나 그 '나'는 시적으로 장치된 화자로서의 '나'로 두 편의 시에서는 특히 여성적 화자로 나타나고 있다. 여기에서 여성적 화자로 지칭될 수 있는 단적인 징표란 관계에서의 수동성 및 피동성과 여성적 감수성으로 대별되는 전통적 여성 역할과 정서라고 할 수 있다.[75] 그러므로 '나'라는 1인칭 화자의 가시성에도 불구하고 이 여성적 화자 역시 소월 시의 무인칭성 속으로 흡수될 수 있다.

한편 다음의 시들은 화자를 다룬 경우가 아니라는 점에서 앞서와는 맥락을 달리하지만, 소유격이 '나'가 아닌 '우리'가 될 때 시가 주는 느낌이 어떻게 달라질 수 있는가를 살펴보는 예가 되는 작품들이다.

그리운 <u>우리 님</u>은 어디 계신고
날마다 피어나는 <u>우리 님</u> 생각.

---

75 김대규는 소월 시의 독자들이 그의 시를 통해 받게 되는 감정의 정화가 슬픔·이별·애수·죽음·고뇌·눈물·恨·버림받음·病 등 비극적 요소들이 가진 아니마적 성향을 소월 시가 잘 충족시켜 주기 때문이라고 설명한다. 아울러 소월 시의 여성화 경향 가운데 하나로 시세계의 유아성(幼兒性)을 들고 있는데, 그 유아성을 향수(鄕愁)의 퇴행성, 눈물의 매너리즘, 반복법, 의문형의 남발 등에서 찾고 있다. (김대규, 「Anima의 시학—소월 시의 여성화 문제 연구」, 김학동 편, 『김소월』, 서강대학교 출판부, 1995. pp.44~75)

날마다 뒷산에 홀로 앉아서
날마다 풀을 따서 물에 던져요.

—「풀 따기」에서

그런데 <u>우리 님</u>이 가신 뒤에는
아주 저를 바리고 가신 뒤에는
전날에 제게 있든 모든 것들이
가지가지 없어지고 말았습니다

—「옛이야기」에서

그리운 <u>우리 님</u>의 맑은 노래는
언제나 제 가슴에 젖어 있어요

—「님의 노래」에서
(밑줄: 필자)

위의 시편들은 화자인 1인칭 '나'의 존재와 상관없이 그리움과 연모의 대상이 되는 '님'의 호칭을 '내 님'이거나 '나의 님'이 아닌 '우리 님'으로 한결같이 쓰고 있다. '우리 님'이라고 해서 복수(複數)인 우리 모두의 공통의 님이 아니요 '저를 바리고 가신' 님, '제 가슴에 젖어 있는' 단수(單數)의 특정한 님인 것만은 분명한데, 그 님을 '우리 님'이라 통칭하고 있는 소월의 위 시들은 시의 확산력, 즉 공감대를 배가한다는 점에 그 미덕이 있다.[76] '우리 님'이 '내

---

76 유종호는 소월 시의 문학사적 의의를 낭만적 사랑의 이념을 처음으로 접한 당시 조혼 세대의 에로스의 표현을 우리식으로 토착화·합법화시킨 것에서 찾고 있다. (유종호, 「임과 집과 길—소월의 시」, 김학동 편, 앞의 책, pp.15~43)

님'에 비해 불러일으키는 정감의 폭과 친밀도 덕택이다. 소월은 님을 우리 모두의 님으로 통칭, 확장시킴으로써 복수인칭을 사용한 시가 가져다 줄 수 있는 확산 효과가 어떤 것인가를 보여주고 있다. 이런 면에서 김소월을 매개자 또는 대변자라는 의미에서의 다원 시인이라 칭할 수 있다.

한편 김소월 시에는 다양한 물질적 이미지가 등장하며 그것은 각각의 지향성을 드러내고 있다. 먼저 물은 끊임없는 흐름을 통한 변화와 소멸 이미지로 나타난다.

> 파릇한 풀포기가
> 돋아나오고
> 잔물은 봄바람에 해적일 때에
>
> 가도 아주 가지는
> 않노라시던
> 그러한 약속이 있었겠지요
>
> 날마다 개여울에
> 나와 앉아서
> 하염없이 무엇을 생각합니다
>
> ―「개여울」에서

> 물과 같이 흘러가서 없어진 맘이라고 하면
>
> ―「無信」에서
> (밑줄: 필자)

「無信」에서처럼 물은 한번 흘러가면 다시 같은 자리로 돌아오지 않는 불귀(不歸)의 것이기도 하지만, 「개여울」에서는 끊이지 않는 흐름의 속성으로 인해 재귀(再歸)의 기대를 품게 한다. 끊임없이 흘러가는 물의 운동성은 소멸과 생성, 불귀와 재귀, 순간과 영원, 연속성과 불연속성의 대립항을 함께 갖고 있다. 그래서 물은 순간순간 죽으면서 순간순간 새로 태어난다.

비가 온다
오누나
오는비는
올지라도 한닷새 왔스면죠치.

—「往十里」에서

'비'는 용해이고 정화이자 소생이며, '눈물'은 님과의 이별이나 님에 대한 그리움을 표상하는 물 이미지가 된다.

외롭음에 압픔에 다만혼자서
하염업는눈물에 저는 웁니다

—「옛니야기」에서

당신을 생각하면 지금이라도
비오는 모래밧테 오는눈물의
축업은 벼개까의 꿈은 잇지만

—「님에게」에서
(밑줄: 필자)

그리고 '바람'은 마음의 풍파와 삶의 쇠퇴를 전하는 최후의 사자
(使者)가 되어 주기도 하고,

> 소리도 없이 바람은 불며, 울며 한숨 지어라
>
> —「봄밤」에서

> 꽃 지고 잎진 가지에 바람이 운다.
>
> —「樂天」에서

> 소리만 남은 내 노래를
> 바람에나 띄워서 보낼밖에
>
> —「하다못해 죽어 달래가 옳나」에서
> (밑줄: 필자)

아래 시들에서처럼 삶에 생기와 의욕과 평화의 기운을 불어넣어
주기도 한다.

> 바위 위의 까마귀 한 쌍, 바람에 나래를 펴라
>
> —「찬 저녁」에서

> 바람 불어요
> 바람이 분다고!
> 담 안에는 수양의 버드나무
> 채색줄 층층 그네 매지를 말아요
>
> —「널」에서

> 봄에 부는 바람, 바람 부는 봄,

적은 가지 흔들리는 부는 봄바람,
내 가슴 흔들리는 바람, 부는 봄,

—「바람과 봄」에서

다시한번 活氣잇게 웃고나서, 우리두사람은
<u>바람</u>에일니우는 보리밧속으로
호믜들고 드러갓서라. 가즈란히가즈란히.

—「밧고랑우헤서」에서
(밑줄: 필자)

'돌'과 '집'은 김소월 시에서 정착과 휴식을 가능하게 하는 안정적 대지의 이미지이면서도 세상에서 가장 무거운 존재가 되어 '나'를 끌어들이는 구심력으로 작용하기도 한다.

어둑어둑 저문
비바람에 울지는 <u>돌무더기</u>

—「하다못해 죽어 달래가 옳나」에서

그 누가 나를 헤내는 부르는 소리
불그스름한 언덕, 여기저기
<u>돌무더기</u>도 움직이며, 달빛에,

—「무덤」에서

<u>집</u>을 떠나 먼 저곳에
외로이도 다니던 내 심사를!

—「잊었던 맘」에서

　　산에는 가려 해도 가지 못하고
　　바로 말로 집도 있는 내 몸이라오

—「가시나무」에서
(밑줄: 필자)

　김현자는 김소월 시에 나타나는 물의 흐름이 시간의 흐름과 가장 많이 연결되며 그것은 님과의 이별을 주제로 하고 있음을 밝힌다.[77] 물의 운동과 변화 과정은 김소월 시에 있어 존재의 실체를 끊임없이 변모시키는 근원적 운명인 것으로 순간과 영원의 이원성을 담고 있다. 김현자에 의하면, 자유와 변전을 거듭하는 바람의 의지는 김소월 시의 근간을 이루는 지향의식이다. 김소월 시의 바람은 부정적인 바람 의식과 긍정적인 바람 이미지로 구분될 수 있는데, 이때 전자의 바람은 떠돌아다님과 가라앉음, 즉 바람이 낳은 이동과 정착으로 김소월 시가 갖는 두 개의 움직임이며 후자의 바람은 갇혀 있던 것을 풀려나게 하는 신선한 생기의 움직임으로서 외부와 내부를 이어주고 폐쇄돼 있던 존재의 자유를 상징하는 것이다. 또한 돌은 구심점을 향해 응고함으로써 형태의 안정성을 추구하는 고체성을 나타내는 것으로 김소월 시에서 돌은 응결하여 버티고 서려는 힘이 된다.

　김현자는 소월 시의 깊이를 어떠한 사물이든지간에 비실존 · 환상 · 허무화시키는 그 참된 본질로서의 비현실적인 의식, 즉 소멸과 불귀의식으로부터 나오는 것으로 파악하고 있다.

77　김현자, 『詩와 想像力의 構造 ―金素月 · 韓龍雲을 中心으로』, 문학과지성사, 1982. p.28.

소월 시의 무인칭성에 기여하며 동시에 그 무인칭성이 촉발하는 것은 소월 시의 음악성이다.

<blockquote>

엄마야 누나야 江邊살자,
뜰에는 반짝이는 金모래빛,
뒷門밖에는 갈잎의 노래
엄마야 누나야 江邊살자,

</blockquote>

—「엄마야 누나야」 전문

<blockquote>

봄가을 없이 밤마다 돋는 달도
'예전엔 미처 몰랐어요.'

이렇게 사무치게 그리울 줄도
'예전엔 미처 몰랐어요.'

달이 암만 밝아도 쳐다볼 줄을
'예전엔 미처 몰랐어요.'

이제금 저 달이 설움인 줄은
'예전엔 미처 몰랐어요.'

</blockquote>

—「예전엔 미처 몰랐어요」 전문

<blockquote>

산산히 부서진 이름이어!
虛空中에 헤어진 이름이어!
불러도 主人 없는 이름이어!
부르다가 내가 죽을 이름이어!

(중략)

</blockquote>

<u>사랑하든 그 사람이어!</u>
<u>사랑하든 그 사람이어!</u>

― 「招魂」에서
(밑줄: 필자)

　후렴구처럼 각 연의 말미에 '잊었노라/잊었노라/잊었노라'를 반복하는 「먼 後日」을 비롯한 위의 시편들은 맨 앞 행과 뒤 행을 같은 시구로 시작하고 마무리하는 반복법을 구사하거나(「엄마야 누나야」), 각 연의 마지막 행에 같은 시구를 배치하거나(「예전엔 미처 몰랐어요」), 각 행을 연달아 같은 어구로 끝맺음으로써(「招魂」) 시의 리듬감 및 음감을 부각시켜 시에 노래하는 듯한 즐거움과 여흥을 북돋우고 있다. 시의 노래적 특성은 시의 무인칭성 혹은 복수인칭성의 조력을 받아야 가능한 것이며 시의 무인칭성은 시의 노래적 특성을 유발한다.

　또한 김소월은 무엇보다도 전통을 계승한 시인이다. 그것은 전래의 가락을 승계한 그의 시에서 가장 대표적으로 드러난다.

그리운/우리 님의/맑은 노래는
언제나/제 가슴에/젖어 있어요

긴 날을/門 밖에서/서서 들어도
그리운/우리 님의/고운 노래는
해지고/저물도록/귀에 들려요
밤들고/잠들도록/귀에 들려요

고이도/흔들리는/노래 가락에

내 잠은/그만이나/깊이 들어요
孤寂한/잠자리에/홀로 누워도
내 잠은/포스근히/깊이 들어요

그러나/자다 깨면/님의 노래는
하나도/남김없이/잃어 버려요
들으면/듣는 대로/님의 노래는
하나도/남김없이/잊고 말아요

― 「님의 노래」 전문
(구분선 삽입: 필자)

고려 속요나 시조, 가사, 민요 등의 고전 시가에서 채택된 율격은 전통 음수율을 2·3조, 3·3조, 3·4조, 4·4조, 3·3·2조, 3·3·3조, 3·3·4조로 가르고 있다. 여기에 개화기 이후 일본에서 도입된 것으로 알려진 7·5조도 7은 3·4조, 5는 2·3조 등으로 가를 수 있으므로 전통 음수율의 변형에 지나지 않은 것으로 인정되어 한국 현대시에 정착하게 된다.[78] 3·4/2·3조, 즉 7·5조의 음수율로 시의 첫 행부터 끝 행을 꼬박 이어가고 있는 위 시를 통해 소월 시가 고집스럽게 또는 겸허하게 지켜온 시의 본래적 전통성 혹은 정통성의 자취를 확인할 수 있다.

한편 「往十里」 「山」 등 소월의 민요시에 나타난 시적 기교에 주목하는 박호영은 민요의 특성이 단순성, 직접적 서술, 반복 등에 있다 하더라도 반복의 변화라든지 서술의 정감적 처리가 하나의 테크닉

---

78 김준오, 『詩論』, 삼지원, 1982. p.138.

을 요구한다고 할 때 소월 시에서는 이 테크닉이 두드러지게 나타
난다고 본다.[79] 「往十里」의 경우 첫 연 ‘비가 온다/오누나/오는 비
는/올지라도 한 닷새 왓스면 죠치’에서와 같이 ‘오’라는 음의 연속
은 소위 두운(頭韻)과 같은 효과를 낸다. 또 3연에서는 ‘웬걸, 저 새
야/울냐거든/왕십리 건너가서 울어나다고/비마자 나른해서 벌새가
운다’처럼 ‘오’음이 ‘우’음으로 바뀌고 벌새의 울음이 결국 시인의
울음임을 감지할 수 있게 한다. 그러나 시 전편의 리듬감과 음색 효
과 및 시인 스스로 울지 않는 감정의 절제가 「往十里」를 탁월한 기
교를 갖춘 민요시로 만들어 내고 있다는 것이다. 이때 ‘테크닉은 냉
정한 논리의 과정’이라는 리브스(J. Reeves)의 말은 유효하다. 리브
스는 모든 테크닉의 목적은 시를 가능한 한 자연스럽고 필연적이게
끔 되게 하는 데 있다고 했는데, 소월 시의 유려함은 소월의 탁월한
테크닉에 힘입은 바 크다는 것이 박호영의 견해이다.[80]

　시인이 말하듯 시혼은 직접 시작(詩作)에 이식되는 것이 아니라
그 음영으로써 현현된다고 할 때, 김소월은 존재의 절대 무한인 ‘죽
음에 가까운 산마루’에 서서 시혼과 음영 사이의 ‘반향(反響)과 공명
(共鳴)을 항상 잊어버리지 않는 악기’이기를 자처한 시인이었다고
할 수 있다. 소월 시는 전통이기도 하고 현대이기도 한, 전통과 현

79　이숭원·박호영, 『韓國 詩文學의 批評的 探究』, 삼지원, 1985. p.129.

80　이 외에도 시 「진달래꽃」에 나타난 리듬감각 및 역설의 효과라든가 ‘그립다 말
　　을 할까/하니 그리워’(「그리워」) 같은 언어 배열 기교, ‘흰꼿흰꼿 흰나뷔와/흰니
　　마흰눈물 검은머리/흰니마흰눈물 검은머리’(「巷傳哀唱명쥬딸기」)에서 보이는
　　반복의 리듬 기교 등이 소월이 얼마나 리듬감과 운율에 세심한 신경을 썼는가를
　　보여준다고 박호영은 덧붙이고 있다.

대의 경계에 서 있는 시이다. 그러한 소월의 시가 시대와 시간을 뛰어넘어 깊고 큰 울림을 가질 수 있는 이유, 생생히 살아 읽히는 오늘 현재의 시가 될 수 있는 이유는 무엇일까. 그것은 소월이 자신의 전 인간을 오로지 시인 김소월 속에, 그리고 그의 시에 등장하는 익명의 페르소나들 속에 끊임없이 희석시키며 그들 속으로 용해시켜 나갔기 때문이다.

> 우리는 적막한 가운데서 더욱 사무쳐 오는 환희를 경험하는 것이며, 고독의 안에서 더욱 보드라운 동정을 알 수 있는 것이며, (중략) 어두움의 거울에 비치어 와서야 비로소 우리에게 보이며, (중략) 우리는 우리의 몸이나 맘으로는 일상에 보지도 못하던 것을 또는 그들로는 볼 수도 없으며 느낄 수도 없는 밝음을 지워 버린 어두움의 골방에서며, 삶에서는 좀 더 돌아앉은 죽음의 새벽 빛을 받는 바라지 위에서야, 비로소 보기도 하며 느끼기도 한다는 말입니다.
>
> ―「詩魂」

소월이 적막 가운데서 더욱 사무치는 환희와 어둠 속에서 더욱 뚜렷해지는 시야와 죽음 앞에서 더욱 절절한 생의 감각을 얘기할 수 있었던 것은 그가 진정 시인 김소월이 되기 위해서는 인간 김소월을 버려야 한다는 역설의 힘을 아는 시인이었던 까닭 아니었을까.

이렇듯 김소월 시의 무인칭성 혹은 몰개성적 시 쓰기에서 시를 위한 자기복무와 자기헌신으로 점철된 시인의 한 전형을 발견할 수 있다.

5. 다원 시인들의 교감과 액화(液化)되는 시

　현대의 다원 시인은 정현종이다. 유치환과 김소월이 다양한 층위의 시적 페르소나를 통하여 진지하게 자신들의 시적 개성을 펼쳐 보이고 시인으로서의 자기복무에 충실한 모습을 보였다면, 정현종은 유유자적 세상을 즐기며 지나는 디오니소스적인 면모를 지닌다.

몸뚱아리 하나가 구만리요
몸뚱아리 하나가 寸尺이다
목욕을 하면 깨끗해지기도 하고
기운을 빼면 맑아지기도 하는데
기쁨의 샘이며
절망의 주머니다
눈부신 아홉 구멍
만물이 드나드는 길목이 많아서
만물교통의 중심이며
天地를 꿰고 있다
밝을 때는 거기 비취지 않는 게 없고
어두울 때는 제 속에 갇힌다
하루아침에 일어나고
하루아침에 쓰러진다
먼지 하나에 울지만
풀잎 하나에 웃는다
뛰어오를 때 이쁘지만
넘어질 때도 이쁘다
땅과 같아서
술과 같아서

물과 불이 더불어 있으니
물결에 취하고 불길에 취한다
(술 마신다는 건 물불을 안 가린다는 얘기다)
이 배는 그리하여
물길로도 가고 불길로도 간다
더러 빠지고 더러 데지만
그 淨化의 미덕!은 영원하다

만물이여 내 몸이여
허공이여 내 몸이여

—「몸뚱아리 하나」 전문

정현종에게 몸은 '기쁨의 샘'이며 '눈부신 아홉 구멍', '만물교통의 중심'이다. 그리고 무엇보다도 몸은 '술과 같'은 것이라서 '물과 불이 더불어 있으니' 몸은 '물길로도 가고 불길로도 가'는 신통한 물건이다. 그러므로 시인에게는 몸이 바로 '만물'이며 몸이 바로 '허공'인 것이다. 그것은 채움과 비움의 절묘함을 터득하고 있는 몸이며 '더러 빠지고 더러 데'이며, 밝을 때는 모든 것을 비추고 어두울 때는 가둬 버리는 생의 조화를 습득한 몸이다. 이렇듯 자유자재한 몸의 신통력을 아는 시인은 몸의 부력을 통해 가볍게 상승한다.

마치 우리가 마침내
가장 낮은 어둔 땅으로
떨어질 일을 잊어버리며 있듯이
자기의 色彩에 취해 물방울들은

戀愛와 無謀에 취해
알코홀에, 피의 速度에
어리석음과 時間에 취해 물방울들은
떠 있는 것인가.

— 「무지개 나라의 물방울」에서

시인의 눈에 비치는 물방울은 '자기의 색채에, 연애와 무모에, 알코홀에, 피의 속도' 라는 지상적 삶의 세목과 쾌락에 취해 있다. 심지어 '어리석음과 시간' 이라는 지상적 한계에마저 취해 있는 '물방울' 은 '마침내 가장 낮은 어둔 땅으로 떨어' 지도록 정해져 있는 자신의 순리조차 망각한 동화 속 '무지개 나라' 의 마냥 유쾌한 '물방울' 이다. 그리고 그 물방울들의 흥취, '떠 있음' 은 시인 자신을 포함한 '우리' 의 '떠 있음' 이기도 하다.

하늘 아득한 바람의 身長!
바람의 가락은 부드럽고 猛烈하고
바람은 저희들끼리
거리에서나 하늘에서나 아무데서나
뒹굴며 뒤집히다가
틀림없는 우리의 잠처럼 오는
季節의 門前에서부터 또는 찌른다
精神의 어디, 깊은 데로
찌르며 꽂혀 오는 바람!

— 「空中놀이」에서

바람 또한 '저희들끼리 아무데서나 뒹굴며 뒤집히' 며 '공중놀이'

를 하는, 마치 장난꾸러기이거나 철없는 개구쟁이와 같은 유희적 바람이지만 그 유희에는 '정신의 어디, 깊은 데로 찌르며 꽂혀 오는' 생생하고 신선한 감각이 있다.

> 방 안에서 무슨
> 향내가 나는 듯도 하여
> 둘러보다가
> 며칠 전에 핀 다섯 송이
> 흰 난(蘭) 가까이 코를 가져간다.
> 거기서 나는 것이었는데
> 모르고 있었으니……
>
> 향기는 외로운 것이다.
> 모든 향기는 외로운 것이다.
> 아무도 모르게 풍기고 있다가,
> 소리 없고 자취 없어
> 지극하여
> 화심(花心)도 세계도 웅숭깊다가
> 알려지니, 더 외롭다―모든
> 남모르는 향기여
> 꽃이든 마음이든
> 향기의 외로움이여.

―「향기의 외로움」 전문

분명 존재하지만, '소리가 없고 자취가 없'는 까닭에 향기의 존재는 '외로운 것'이다. 그것은 '아무도 모르게 풍기'는, '남모르는 향기'이다. 그러나 향기가 더 외로운 것은 그 향기의 존재가 알려지

기까지 혼자 '웅숭깊게' 풍기고 있었다는 그 사실의 발견 때문에
더 외로운 것이다.

　　　우리는 늘 안 보이는 것에 미쳐
　　　病을 따라가고 있었고
　　　밤의 살을 만지며
　　　물에 젖어 물에 젖어
　　　물을 따라가고 있었고

　　　눈에 불을 달고 떠돌게 하는
　　　물의 香氣
　　　불을 달고 흐르는
　　　원수인 물의 향기여

—「술 노래」에서

　그런가 하면 술은 '안 보이는 것에 미치'게 하는 광기(狂氣)라는
'병(病)'에 걸리게 하며 '눈에' 그 광기의 '불을 달고 떠돌게 하는
물'의 관능적인 '香氣'이다. 어느새 땅으로 내려온 시인은 흙냄새
에서 생명의 시원을 느낀다.

　　　흙냄새 맡으면
　　　세상에 외롭지 않다

　뒷산에 올라가 삭정이로 흙을 파헤치고 거기 코를 박는다. 아아, 이 흙
냄새! 이 깊은 향기는 어디 가서 닿는가. 머나멀다. 생명이다. 그 원천. 크
나큰 품. 깊은 숨.
　생명이 다아 여기 모인다. 이 향기 속에 붐빈다. 감자처럼 주렁주렁 딸

려 올라온다.

흙냄새여
생명의 한통속이여.

—「흙냄새」 전문

흙냄새를 맡으며 시인은 거기에서 생명의 '깊고 크나큰 원천'을 발견한다. 흙은 생명의 원천일 뿐만 아니라 생명이 '주렁주렁 딸려 올라' 오고 '생명이 다아 모이'는 집합소이기도 하다. 그러나 대지적인 것이 모든 것을 끌어들이는 구심력만을 가진 것은 아니다.

파랗게, 땅 전체를 들어올리는
봄 풀잎,
하늘 무너지지 않게
떠받치고 있는 기둥
봄 풀잎

—「파랗게, 땅 전체를」에서

정현종 시에서는 대지적 존재인 '풀잎'도 그냥 땅에 뿌리를 박고 있는 것만이 아니다. 그 풀잎은 '땅 전체를 들어올리고 하늘을 무너지지 않게' 하는, 대지와 하늘 사이에서 이적(異蹟)을 행하며 비상한 에네르기를 발산하는 풀잎이다. 정현종은 이처럼 유희적인 추구와 지향의 가벼운 운동성을 통해 하늘과 대지 사이 무한한 정신의 탄력을 빚어내고 있다.

유치환과 김소월, 정현종에 이르는 이들 다원 시인의 범세계적 존재론과 교감의식, 드넓은 세계를 액체적 운동성으로 넘나들거나 가벼운 탄력으로 활보하는 시를 액화(液化)를 지향하는 시로 볼 수 있을 것이다.

한편 분뇨학적 관점에서 이들 다원 시인들에게 공통적인 것은 술과 그에 따른 취기와 정욕의 이미지이며, 그들에게서 배설되는 것은 '오줌'과 '정액'이다.

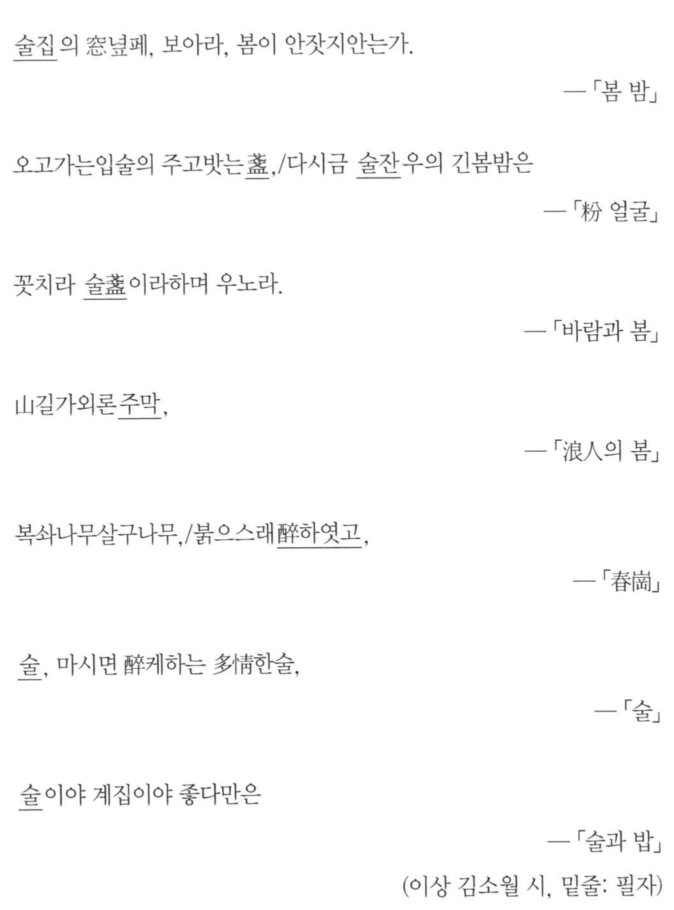

술집의 窓넢페, 보아라, 봄이 안잣지안는가.

　　　　　　　　　　　　　　　　　　　　　—「봄 밤」

오고가는입술의 주고밧는盞,/다시금 술잔우의 긴봄밤은

　　　　　　　　　　　　　　　　　　　　　—「粉 얼굴」

꼿치라 술盞이라하며 우노라.

　　　　　　　　　　　　　　　　　　　　　—「바람과 봄」

山길가외론주막,

　　　　　　　　　　　　　　　　　　　　　—「浪人의 봄」

복솨나무살구나무,/붉으스래醉하엿고,

　　　　　　　　　　　　　　　　　　　　　—「春崗」

술, 마시면醉케하는 多情한술,

　　　　　　　　　　　　　　　　　　　　　—「술」

술이야 계집이야 좋다만은

　　　　　　　　　　　　　　　　　　　　　—「술과 밥」
　　　　　　　　　　　　　　（이상 김소월 시, 밑줄: 필자）

내 무뢰한같이 헐한 <u>주점</u>에 앉어/목을 메우는 한잔 <u>호주(胡酒)</u>에

—「어느 갈매기」

규방에 지쳐 풀린 농익은 계집 같은/휘주근 고비 넘은 모란의 흩으러진 <u>욕정</u>!

—「春朝」

아찔아찔 <u>욕정껏</u> 목숨의 <u>단술</u>을 빨아들이켭니다

—「목숨의 대낮」

심심(深深)히 백설이 쌓이는 날, 내 안에 은밀히 숨가쁜 <u>정욕</u>의 살아잂은 이 어쩜이랴

—「눈과 情慾과」

아빠라는 뜸직한 나무곁에/ <u>무량한 애정의 샘</u> /엄마의 젖가슴에만 묻히어 의심 없는/그러기에 젊은 엄마의 <u>젖무덤</u>은 그리 아름다운가/아스라히 물끼 서린 어린 별

—「人間의 나무」

어머님의 젖가슴엔 양 욕심껏 <u>젖줄</u>을 빨아먹으려

—「구름장 아래에서」
(이상 유치환 시, 밑줄: 필자)

공허한 입김의 나무 속을/오줌 누러 갔다 온다/오, <u>술자리</u>와 변소를 오갈 수 있는 자유의 기쁨

—「밤 술집」

그냥 날 기운, 숨결/피와 <u>정액</u>

—「빈 방」

일종의 <u>醉氣</u>/가장 즐거운 <u>醉中</u>의/그분의 쓸쓸한 웃음을

　　　　　　　　　　　　　　　　　　　　　　　　—「센티멘탈 자아니」

서로의 가장 작은 소리까지도/빨아들이고 있는/눈물겨운 <u>욕정</u>의 親和.

　　　　　　　　　　　　　　　　　　　　　　　　　　　　　—「交感」

나는 <u>마시느니</u> 오오늘도/비우면 <u>취하는</u>/뜻에 따라서

　　　　　　　　　　　　　　　　　　　　　　　　　—「술잔 앞에서」

너를 보면 취한다/피와 기대에 취하고/<u>性的</u> 향기에 그 아지랭이에

　　　　　　　　　　　　　　　　　　　　　　　　　—「너는 누구일까」

지난 밤에는 내 <u>夢精</u>에 젖었던 유쾌한 달

　　　　　　　　　　　　　　　　　　　　　　　　　—「완전한 하루」
　　　　　　　　　　　　　　　　　　　　(이상 정현종 시, 밑줄: 필자)

　이들 다원 시인의 분비와 배설에는 변용 시인들이나 발분 시인들에게서와 같은 강도의 노고와 진통이 수반되지 않는다. 일단 이들의 배설에는 괄약근이 필요하지 않다. 분변에까지 이르지 않는 이들의 배설 행태는 느긋하고 완만하며 무엇보다 자기만족적이고, 정액과 같이 대상과의 친화 및 교감을 지향하는 것이다. 이들의 분비와 배설은 관능적이고 쾌락적이며 이들이 지향하는 디오니소스적 평화와 자유의 세계를 향해 '유언'(流言 · 정현종, 「최근의 밤하늘」)처럼 흘러간다. 이들 시인의 분비와 배설을 통해 나오는 시는 고온(高溫)의 시이다. 오줌이나 정액이란 따뜻한 온기와 함께 그 이상의 뜨거움과 화끈함, 열기를 동반하는 분비이기 때문이다. 제주도 '개벽

신화'와 김유신의 누이 설화, 그리고 파리 시내를 잠기게 했던 라블레 '가르강튀아'의 오줌이 뿜어내는 위력에서 알 수 있듯이 오줌은 세상을 완전히 뒤바꾸는 상징력을 가지고 있다.[81]

눈물조차 이들 시인에게서는 도를 넘은 '뜨거운 눈물'(김소월, 「孤寂한 날」)이 된다.

사뭇치는 눈물은 끗티업서도

—「오는 봄」

누나라고 불너보랴
오오 불설워
싀새음에 몸이죽은 우리누나는
죽어서 접동새가 되엿습니다

—「접동새」

오늘아츰 먼동 틀때
江南의더운나라로
제비가 울고불며 떠낫습니다.

—「제비」

외롭음에 압픔에 다만혼자서
하염업는눈물에 저는 웁니다

—「옛니야기」

81 정과리, 「아픈 사랑의 반란—차창룡의 분변학」, 차창룡 시집 『해가 지지 않는 쟁기질』 해설, 1994. p.157.

당신을 생각하면 지금이라도
비오는 모래밧테 오는눈물의
<u>축업은</u> 벼개까의 꿈은 잇지만

—「님에게」

나의가슴의 속모를곳의
어둡고밝은 그속에서도
붉은電燈이 <u>흐득여웁니다</u>.
붉은電燈이 흐득여웁니다.

—「서울밤」
(이상 김소월 시, 밑줄: 필자)

오늘 밤 어느 갈매기처럼 <u>오열</u>하노니

—「어느 갈매기」

너는 나의 영원한 소망의 <u>통곡</u>이 될지니

—「드디어 알리라」

아아 이 회오(悔悟)의 앓임을 어디메 <u>호읍(號泣)</u>할 곳 없어

—「曠野에 와서」

<u>피눈물</u>로 내닫는 도주의 길이요

—「逃走에의 길」

들어 보세요/이렇게 다시 살아나는 목숨들의 기쁨을 노래하여/종달이가 웁니다/산천에는 다시 봄이 온다고/종달이가 웁니다/가만히 눈감고 들어 보면/얼마나 <u>황홀한 눈물</u> 나는 노래입니까

—「종달이」
(이상 유치환 시, 밑줄: 필자)

‘뜨겁고 사무치는’ 눈물에 그냥 서러운 것만이 아니라 ‘불쌍하고 서럽고’(‘불설워’) 우는 것만으로 모자라 불기까지 하며(‘울고불며’) ‘하염없이’ 흘러 베개가 ‘축축하게 젖는’ 눈물이면서 ‘흐득여’ 울다가 큰소리 내어 우는 ‘오열’, ‘통곡’, ‘호읍’으로 번지고 가슴 깊이 맺힌 ‘피눈물’이 되는 이들 다원 시인의 눈물이 가진 열기와 화력은 이들 시인의 섬세한 시적 감수성, 세계를 향한 예민한 촉수와 비례한다.

고온의 시가 주는 온도계적 느낌은 상승감, 흥취, 고무감, 부력, 자유로움, 열정, 고조감이다.

이들 다원 시인의 시에서 공통적으로 드러나는 것은 타인 및 세계와의 공존·화해·교감에 대한 지향이다. 이들 시는 관계 지향적이며 그것은 때로 에로스적이기조차 하다.[82] 이러한 관계 지향성 속에 담겨 있는 순응적 태도와 겸허함은 한편 이들 시인의 시 쓰기를 감춤과 은폐와 위장의 시학으로 이끌기도 한다. 이들 시인의 시를 읽으면서 갖게 되는 느낌은 이들 시인이, 의도적이건 그렇지 않건 간에, 자신들의 정체를 시 속에서 채 다 드러내(려 하)지 않는다는 사실이다. 그렇기에 이들 시는 채 드러내 놓지 않음의 미개이자 신비인 동시에 미답의 채굴량이 아직 남아 있는 시라고 할 수 있다.

---

82 손이 사과를 잡은 순간, 아/손가락에 통증이 왔다. 벌에 쏘인 것이다.//손가락은 시간이 갈수록 더 쑤셨다.//쑤시는 손가락을 나는/주체할 길이 없으면서도, 한편/가을 사과나무처럼 마음이 넘쳤다./아픔도 만물과 내통하는 길./미량의 독을 타고나는/자연의 저 광활함 속에/깊음 속에 몸을 섞었으니!(정현종, 「벌에 쏘이고」에서)

몸 속 생명의 대상화

몸 속 생명의 대상화

1. 몸의 변용과 그 분비물

우리 시사에서 최초로 시에 몸을 개입시킨 시론을 전개한 이는 시인 박용철이다.

우리의 모든 체험은 피 가운데로 용해한다. (중략) 기억만으로는 시가 아니며, 다만 그것들이 우리 속에 피가 되고 눈짓과 몸가짐이 되고 우리 자신과 구별할 수 없는 이름 없는 것이 된 다음이라야 그 때에라야 우연히 가장 귀한 시간에 시의 첫 말이 그 한가운데서 생겨나고 그로부터 나아갈 수 있는 것이다. (중략) 시인은 진실로 우리 가운데서 자라난 한 포기 나무다. 청명한 하늘과 적당한 온도 아래서 무성한 나무로 자라나고 長霖과 曇天 아래서는 험상궂은 버섯으로 자라날 수 있는 기이한 식물이다. 그는 지질학자도 아니요 기상대원일 수도 없으나 그는 가장 강렬한 생명에의 의

지를 가지고 빨아올리고 받아들이고 한다.83)

　박용철에 의하면 시인은 '한 포기 나무'요 '기이한 식물'로서 '가장 강렬한 생명에의 의지를 가지고 빨아올리고 받아들이고 한다'. 즉 박용철에 와서 시인의 정체성은 왕성한 생명활동을 하는 하나의 강렬한 생물체로서의 몸을 부여받게 된다. 그 생물체는 속에 '덩어리', 일종의 정서의 덩어리를 품고 있으며 그 덩어리의 분출이 바로 시이자 시가 씌어지게 하는 추동력이다.

　박용철의 시론은 시가 감정보다는 체험이며, 오랜 기다림과 인내의 시간을 통해 체험을 추억으로 만드는 과정에서 나오는 것임을 강조한 릴케의 시론을 그 토대로 한다. 체험이라는 말을 철학적 개념으로 사용하기 시작한 딜타이는 '모든 진정한 시는 체험에 토대를 둔다'고 말한 바 있다. 체험이란 단순한 수동성의 세계가 아니라 능동적인 변형에의 의지가 수반되는 어떤 강렬한 느낌이다. 그러므로 체험은 지성, 의지, 정서를 하나로 융합하는 정신으로서 이른바 생(生)을 포함한다.84)

　그러나 박용철은 릴케의 체험 시론에서 한걸음 더 나아가 시란 말을 제재 삼은 꽃이나 나무로 어느 순간 시인의 한 쪽이 혹은 왼통이 변용하는 것이라고 말함으로써 릴케라는 본류에서 갈라져 나오게 된다. 여기서 말을 제재 삼은 꽃이나 나무란 언어를 통해 구현된 시

---

83 박용철, 「詩的 變容에 대해서」, 『박용철 전집』, 시문학사, 1940. pp.3~8.
84 이승훈, 앞의 책, p.72.

를 일컬음이요, 꽃이나 나무로 변용하는 시인의 한 쪽 혹은 원통이 전제로 하고 있는 것은 시인의 몸이요 육체성이라고 할 수 있다. 가시적이고 물리적인 몸에 대해서만이 '한 쪽 혹은 원통' 이라는 가름이 가능한 것이며, 몸을 존재의 최소 단위로 하는 다프네였기에 그것과 등치인 월계수로 변신할 수 있었던 것이라고 한다면 말이다.

김윤식은 일찍이 박용철 시론의 특징을 원론적인 것에 입각해 있고 선시적(先詩的) 자리에서 빚어지고 있다는 데서 찾을 수 있다고 지적한 바 있다.[85] '시라는 것은 시인으로 말미암아 창조된 한낱 존재이다' 라고 박용철이 말할 때, 거기에는 시는 어떤 형용사로도 설명할 수 없는 그 자체 수대로의 무한수(無限數)이며 시 자체가 하나의 절대적인 것이라는 주장이 숨어 있다는 것이다. 따라서 박용철에게 시는 어떠한 분석도, 어떠한 설명도 허하지 않는 것이며 그것이 필요치도 않은 절대적 미의 존재가 된다.[86]

이승훈은 시와 시인의 체험 문제는 일찍이 김소월의 시론에서도 제기된 바 있음을 주지시키면서 그러나 김소월의 경우 자연의 본질에 해당하는 음영(陰影), 즉 영혼이 강조된다면 박용철의 경우에는 그런 영혼의 세계가 아니라 시인의 미적 체험과 시의 상관성이 논의되는 점에 주목하고 있다.[87]

---

85 김윤식, 『한국근대문학사상』, 서문당, 1974. p.144.
86 "결국 박용철이 시를 한낱 존재로 본 것은 꽃을 하나의 존재로 보고 그 분석 불능한 절대의 개성적 미로서 느끼는 태도를 뜻하는 것이 된다. 그것은 바로 개성의 표현, 내밀하고 秘敎的인 폐쇄의 예술을 뜻하게 된다."(김윤식, 위의 책, p.153)
87 이승훈, 앞의 책, p.70.

시인이 '살로 새기고 피로 쓰는' 생리적 필연의 소산인 시는 시인에게서 시가 씌어져 나오기까지의 선시적인 역정만으로 충분한 것일 뿐 시에 대한 사후적인 평가와 분석은 박용철 시론에서는 무용한 것에 지나지 않는다.

> 시는 아름다운 辨說 적절한 辨說 理路整然한 辨說, 이러한 약간의 辨說에 그칠 것이 아니다. 특이한 체험이 절정에 달한 순간의 시인을 꽃이나 혹은 돌멩이로 정착시키는 것 같은 언어 최고의 機能을 발휘시키는 길이다. 현실의 본질이나 刻刻의 轉移를 敏速正確히 認知하는 것은 인간 일반에게 요구되는 理想이오 시인은 이것을 인지할 뿐만 아니라 령혼의 가장 깊은 속에서 그것을 체험하는 사람이여야 한다. 그러나 이것까지도 思考者 一般에게 요구될 수 있는 것이요 그 우에 한거름 더 나아가 최후로 시인을 결정하는 것은 이러한 모든 깊이를 가진 자신을 한송이 꽃으로 한 마리 새로 또는 한 개의 毒茸으로 變容시킬 수 있는 능력에 있다.[88]

'영혼의 가장 깊은 속에서 체험하는 사람이어야 하는' 시인은 체험하는 것에서 더 나아가 자기 자신을 '한 송이 꽃으로, 한 마리 새로 또는 한 개의 毒茸으로 변용' 시킬 수 있어야 한다. 바꿔 말하자면 시인이 시를 쓰는 행위는 비가시적인 것을 가시적인 것으로, 본질적인 것을 현상적인 것으로, 의식으로만 존재하는 것을 물성(物性)을 가진 물질적인 것으로 옮겨 놓는 변용의 능력이자 변용에의 의지인 것이다.

이광호는 박용철이 시의 소재와 이념 중심의 시론이 지배적인 상

---

88 박용철, 「辯說 以上의 詩」, 앞의 책. p.87.

황에서 창작 과정에서 일어나는 섬세한 정신적 문제들을 개념화하
려 시도한 점을 긍정적으로 평가한다.[89] 그러나 시적 경험을 지나
치게 신비화하고 절대화함으로써 시의 문제를 결국 선시적인 문제
로 돌려버리는 결과를 낳았으며, 이로 인해 시의 성패가 시 이전에
정신적 체험의 영역에서 결정된다는 논리로 귀착되면서 시를 쉽게
도달할 수 없는 영원한 미지의 가능성으로 만드는 우를 범했음에
주목한다.

하지만 박용철 시론의 이러한 한계 또는 맹점, 즉 선시적인 관점
과 시를 영원한 미지의 가능성으로 가둬 두고 밀봉하는 지점에 야
콥슨이 말한 시성의 단초가 있다. 야콥슨이 던져 주기만 하고 아무
런 부연 설명을 붙여 주지 않은 시성이라는 단어의 미스터리는 박
용철 시론에서 드러나는 시의 미스터리와 친연성이 있는 것이다.
시에 대한 재단적 분석이나 해석에 저항하고 거부하는 몸짓을 보이
면서 오로지 시인의 체험의 용해도 및 살과 피로 새겨지는 생리적
필연의 시란 그대로 충만한 시성에 다름 아니다. 김기림의 시 「기상
도(氣象圖)」에 대해 박용철이 '시인의 敬服할 만한 노력과 기획에도
불구하고 시인의 정신의 燃燒가 이 거대한 소재를 화합시키는 高熱
에 달하지 못하고 그것을 겨우 접합시키는 데 그쳤든 것 같다' 고 평
한 것이나, '한 개의 급속도로 회전하는 軸의 주위에 시의 各部가
求心的으로 球를 이루지 못하고 제각기 直線의 방향을 가진다는 느

---

89 이광호, 「한국근대시론의 '미적 근대성' 연구—1930년대 시론을 중심으로」, 고
　려대 박사학위 논문, 1998. p.29.

낌'이라고 평한 것[90] 등에서 시에 대한 그의 조심스런 접근법을 볼수 있다. 즉 그가 보여주는 것은 시에 엄연히 존재하는 시성을 해치지 않으면서 시에 다가가려는 노력이다. 얼핏 시에 수반돼야 할 정교하면서도 필요 불가결한 분석이나 해석을 거부하는 듯 보이고 시에 대한 사후적 혹은 후시적(後詩的) 언급을 회피하는 것처럼 보이는 박용철이지만, 어떤 면에서 그의 시 접근법은 시성을 가장 훼손하지 않는 시 비평의 한 전형으로서 오늘날 달변적 시 비평에 한 시사점을 던져 주는 바가 있다고 하겠다.

박용철이 직접 그의 시론 「시의 명칭과 성질(The Name and the Nature of Poetry)」을 번역해 소개한 하우스만(A. E. Housman) 역시 시를 '이성적이기보다는 육체적인 것(poetry indeed seems to me more physical than intellectual)' 으로 받아들인다.

> 만일 시의 한 줄이 내 마음 속에 떠오른다면 내 살에는 소름이 끼쳐서 면도가 나가지 아니하는 것이다. 이 특별한 표징과 같이 오는 것은 척추를 타고 내려가는 전율이다. 또 한 가지 표징은 목이 갑갑해지며 눈물이 눈에 솟아오르는 것이다. (중략) 이 감각의 위치는 명치[胸窩]다. (중략) 만일 내가 시를 정의하지 않고 그것이 속한 사물의 종별만을 말하고 말 수 있다면, 나는 이것을 분비물이라 하고 싶다. 전나무의 수지같이 자연스런 분비물이든지 貝母 속에 진주같이 병적 분비물이든지 간에…[91]

시가 배태돼 나오는 과정을 육체적인 감각과 반응으로 설명하는

---

90 이광호, 앞의 글, pp.22~23.
91 박용철, 「詩의 名稱과 性質」, 앞의 책. pp.71~72.

하우스만 시론의 키워드는 ‘위(胃)의 명치(a pit of stomach)’와 ‘분비물’이다. R.W.스톨먼은 하우스만의 시론을 창작 과정으로서의 통찰을 담은 시론으로 분류하고 그의 ‘명치’ 또는 ‘복통(stomach – ache)’을 ‘목메임’이나 ‘가슴 속의 통증’으로 풀이하면서 그의 시론이 반(反)이성적인 특성을 지니고 있다는 사실을 강조한다.[92]

　시가 속해 있는 사물의 종별을 분비물이라고 함으로써 하우스만은 시를 육체성의 영역 안에 확고하게 자리 매김한다. 분비는 여러 가지 효소, 췌액, 담즙, 점액, 호르몬 등 육체의 생리·화학 작용 가운데 하나이며 분비물은 땀, 눈물, 정액, 뇨 등 그 작용의 결과물이기 때문이다. 이렇듯 생리 작용에 따른 자연스런 분비물이 있는가 하면 조개 속에서 만들어지는 진주와 같은 인고의 결정체도 있다. 이것은 꽃을 피우는 것과 같은 육체의 응집이자 총화로서 박용철이 언급한 이른바 ‘속엣 덩어리’에 비견될 만한 것이라고 하겠다. 그리고 이 응집과 총화는 생물체의 무의지적인 생명 원리를 넘어서 그것을 거스르고 다스리려는 의지적 차원이라는 점에서 ‘병적(病的)’인 것이기도 하다. 시는 종종 이와 같은 병적인 기도(企圖)의 터널을 거쳐 나와야 할 때가 있다.

　박용철만큼 육체적이지는 않지만, 정지용은 시를 무성한 감람 한 포기에 비유한다. 감람 한 포기가 존재하는 것은 태양, 공기, 토양, 우로(雨露), 농부 등이 협동함으로써 가능하다. 이런 협동은 조화의 세계를 낳는다. 따라서 감람 한 포기가 그렇듯 시는 유기적 통일의

---

92 한계전, 『韓國現代詩論研究』, 一志社, 1983. p.142.

세계라는 것이다. 유기적 통일의 세계란 작품에 미리 결정된 형식이 주어져 있는 것이 아니라, 한 그루 나무가 성장하듯이 작품이 내적인 발전을 하면서 스스로 그에 필요한 외적인 형식을 갖추게 된다는 것이다. 그러므로 이승훈이 지적했듯,[93] 정지용의 유기체론은 박용철의 변용론과는 궤를 약간 달리한다. 박용철의 변용이 시와 시인의 필연적이고 불가분한 혈연 관계를 해명하려는 것이라면, 정지용의 유기체는 시 자체가 갖고 있는 내적 자생 원리를 부각시키려는 데 그 주안점이 있다.

그런가 하면 1940년대 시인 윤곤강은 시를 시인의 생득적 체질과 관련시켜 설명하려 하였다. 그에 따르면 훌륭한 시는 시에 소질이 있는 사람이 창조한다. 이때의 소질은 시의 뜻, 시의 의지를 자발적으로 따를 수 있는 힘과 통한다. 즉 시는 시인의 창조적 상상력의 산물임을 강조하는 시적 견해를 피력한 것이다. 또한 시의 근원이나 소재는 시인의 고유한 정신활동의 산물이며 시의 조건은 느끼고 표현하려는 시인의 내적 충동으로 드러난다. 이렇듯 내면적으로 감지되는 시적 충동, 시인이 시를 쓰게 되는 자발적 충동을 그는 성욕이나 식욕처럼 제압하기 어려운 욕망 가운데 하나로 인식하였다.[94]

한편 서구의 시인들 가운데서도 로버트 프로스트(R. Frost)는 '뜨

---

93 '정지용이 말하는 유기적 형식의 원리는 박용철이 말하는 변용의 원리와는 다르다. 후자는 생철학적인 체험의 이론에 토대를 두었음에 반해 전자는 김윤식 교수가 이른바 생물학적 내부자극설이라고 부른 이론에 토대를 두고 있다'(이승훈, 앞의 책, p.85)

94 이승훈, 앞의 책, pp.126~128.

거운 난로 위의 얼음 조각처럼 시는 그 녹아내림을 따라 씌어져야 한다'고 했고, 앤 섹스턴(A. Sexton)은 시를 '무의식의 젖을 짜 낸 산물'이라 표현했으며, 딜런 토머스(D. Thomas)는 시를 평화의 거처로서의 '자궁'에 비유했다. 또한 키이츠(J. Keats)는 시를 '나무에 돋아나는 잎사귀'와 같다고 썼다. 이처럼 여러 시인들이 시를 보는 관점은 박용철이나 하우스만의 분비물 개념과 동떨어진 것이 아니다. 얼음 조각, 무의식의 추출액, 자궁, 잎사귀 등은 시의 정체성, 즉 시성을 가시적인 어떤 것으로 설명하려 한다. 그것은 시에 입혀진 물질성이기도 하고 육체성이기도 하다. 시는 시인의 창조 정신 또는 의식의 물질적 변용으로서 가시화되고 육화(肉化)된다. 그것이 직접적으로 수반하는 것은 물론 언어화 과정이다.

2. 몸 속의 생명 – 생리학적 충위

분비와 배설은 몸의 자연스럽고 불가피한 생리현상이다. 그것은 의지와는 관계없이 일어나지만, 자연스럽고 불가피한 몸의 표현 양태이자 몸의 욕구가 담겨 있는 행위임에 분명하다. 땀, 눈물, 침 등 분비물이 생겨나는 수순이나 경로는 몸의 생리를 따르는 것이고 이를테면 배변 행위의 경우 직장에 변이 쌓여 내압이 일정 수준 이상이 되면 대뇌에 자극이 전달되고 배변 반사로 변의가 생김으로써 일어난다.[95] 그러나 놀라운 것은 이 여행의 출발점(입)과 종착점(항

---

95 안도 유키오 감수, 안창식 편역, 『알기 쉬운 인체의 신비』, 중앙생활사, 2005. p.141.

문)을 제외한 모든 부분이 의지와는 전혀 관계없이 움직이면서 내용물을 이동시킨다는 점이다.

언어를 통해 표현되는 순간에야 시는 존재하기 시작하는 것이며 배설에 이르기까지의 끙끙대는 배변통의 과정은 시 창작을 위한 산고와 진통의 과정에 다름 아니다. 야콥 블루메가 쓴 『화장실의 역사』에 수록된 글을 옮겨 보면, 수천 년 전에는 동굴 안에서 불 주위에 조용히 한 무리가 웅크리고 앉아 볼일을 보는 것이 보통이었다고 한다. 집단 배설이 끝난 후 그들은 즐겁게 수다를 떨면서 각자의 최종 부산물을 서로에게 보여주며 구체적으로 비교해 보거나 아직도 쪼그리고 앉아 헛수고만 하고 있는 변비증 환자들을 놀려 대곤했다는 것이다. 간혹 벌어지는 시인들끼리의 시 합평회 자리나 그 옛적 포석정에 둘러앉아 술잔을 돌리며 즉흥시를 읊던 풍류객과 문인들을 떠올리게 하는 장면이다.

인간 신체의 작용은 정직한 것이며 분비물은 그 육체의 상태를 숨김없이 그대로 반영한다. 그러므로 분비물은 그 육체와 이형동체이며 육체는 그 분비물을 통해서 추정 가능한 것이 된다. 마찬가지로 시는 한 시인의 총체적 실존의 분비물 혹은 배설물의 집적체라고 할 수 있다. 시는 시인 내면의 언어적 치환이며 시를 통해 거꾸로 시인의 내면을 유추하고자 하는 시도를 해 볼 수 있고 그러한 유추가 가능해진다. 이러한 유추를 뒷받침할 한 예로 수천 년 동안 인간 신체 제물은 신이 인간에게 요구할 수 있는 것 가운데 가장 대단한 것이었으나 차츰 대용물이 생겨났고 마침내 인간의 배설물을 바치기에 이르렀다는 것은 배설물이 인간의 신체에 있어 갖는 친화력

내지 상징적인 의미를 강조한다고 블루메는 지적한다.

한편 1370년 뮌헨 시의회는 배설물의 사적인 처리를 명하기 위한 뮌헨 칙령을 내리는데, 이것은 배변 행위의 은밀화 내지 개인화 과정을 뚜렷하게 보여준다. 불우한 시대에 시를 포함한 문학이 치른 곤욕이 그러했듯, 배설물은 감추고 억압해야 할 대상이 되었고 그에 대해 느끼는 수치심 혹은 굴욕감이나 좌절감이 커질수록 사람들 혹은 시인들은 점점 더 개인화되거나 자폐적이 되어 가곤 했다. 밀실 문학이라든가 여성이 억압되었던 시절의 규방 문학이라거나 여류 문학이라는 굴레, 민중시 · 노동시 등 프롤레타리아 문학의 차별화 예를 굳이 상기하지 않더라도 현대의 도시적 · 일상적 삶 속에서 시 쓰기란 은밀한 틈새의 시간과 공간을 틈타 이루어지는 지극히 사적인 행위일 수밖에 없다.

아울러 의학적인 관점에서는 배설물에 치유력이 있다는 믿음이 이어져 왔다. 인간의 몸에서 약을 얻는다는 원칙에 따라 그 인간의 특성을 포함하고 있다고 간주된 배설물은 무한한 가능성을 가진 치료제로서 장구한 의학의 역사에 자리 잡게 되었다고 한다. 시는 정서적 치유력을 가진 예술 장르로서 그 치유력은 시를 읽고 감상하는 사람들에게만이 아니라 시를 쓰는 시인 자신에게도 그 힘을 강력히 발휘하는 것이다. 시인에게 시가 종교를 대체할 수 있는 최상의 가치가 되는 것이나 시와 자기구원이라는 오래된 테제 등은 시가 가질 수 있는 치유력에 대해 말해 주는 증거들이다. 또한 로버트 버튼이 『멜랑콜리 해부학』이라는 그의 저서에서 '멜랑콜리한 사람의 소변은 대개 색이 옅어서 거의 무색에 가까우며…어떤 사람은 대변을 아주 많이 보고 또 어떤 사람은 아주 적게 본다'고 묘사할 때 이를 통해 엿볼 수 있는 것은 감정 변화와 배설 행위 사이의 상관관계이며, 시인과 그 시인이 쓰는 시 사이의 혈연관계이다. 거칠게 말하자면 서정 시인이 있거나 서사 시인이 있는가 하면, 호흡이 짧아 단시(短詩)에 능한 시인이 있거나 호흡이 길어 장시(長詩)에 능한 시인이 있고, 당시(唐詩)풍의 수려한 시를 즐기는 시인이 있거나 송시(宋詩)풍의 단아한 시를 즐기는 시인이 있으며, 몸의 변용 시인들이 있는가 하면 발분 시인들이 있고 다원적 시인들도 있다는 것이다.

다시 블루메에 의하면 배설물은—마치 시를 비롯한 문학이 때때로 담당해 온 몫이 그렇듯—무기 없이 탄압당하는 자들의 무기였으며 비폭력적인 저항의 수단이었고, 배설물과 관련된 말은 미풍양속과 예의범절에 저항하는 언어이자 시가 인간이 추구하는 극도의 의식의 상징이듯 '자아의 상징'이었다.

프로이트에 의하면 구강기를 지낸 아이들은 배설기관을 자기 뜻대로 지배함으로써 쾌감을 느낀다. 아이들은 배설하면서 세계를 자기 마음대로 만들고 있다고 생각하며 더 나아가서 자신이 이 세계에 대단한 선물을 주고 있다고 생각한다. 배설하기 직전에 온 몸에 힘을 주고 긴장하는 것, 그리고 배설할 때 시원하게 배설물을 쏟아버리는 것은 아이들에게 극치의 쾌감을 안겨 준다.[96] 또한 대략 18개월에서 36개월 사이에 해당하는 항문기에 있는 아이는 대

---

96 강영계, 앞의 책, p.118.

변이 직장 점막을 훑으며 바깥으로 배출될 때의 자극적 쾌감에 몰입한다.[97] 순수하게 생리적인 차원에서 보면, 변이 직장 점막을 부드럽게 훑으면서 배설될 때의 쾌감은 매우 크다. 박용철 시론에서 '우리 속에 피가 되고 눈짓과 몸가짐이 되고 우리 자신과 구별할 수 없는 이름 없는 것이 된 뒤라야 그때 우연히 가장 귀한 시간에 시의 첫 말이 그 한가운데서 생겨나는 것'이나, 하우스만 시론에서 '전나무의 수지와 같은 자연스런 분비물', 또한 조개가 뱉어내는 진주 등은 분비와 배설의 자연스러운 생리적 징후와 쾌감을 동반한 것이라고 하겠다.

사실 세상 모든 생명의 탄생은 이른바 몸적(的) 탄생이다. 몸적 탄생이란 그 몸이 착상되고 배태되는 근원으로서의 몸을 전제로 한 것이므로 끝없이 몸을 확대 재생산하는 몸의 순환 고리이다. 그렇기에 몸적 탄생은 하나의 몸이 그와 흡사한 다른 하나의 몸을 그의 몸 안에서 응집해 내는 과정을 거친다. 그 응집은 몸의 총화이기도 하고 여분이기도 하고 축약이기도 하다. 어쨌거나 섭취에서 배출에 이르기까지 종국엔 몸 밖으로 실현돼 나와야만 하는 어떤 것이라는 점에서, 분비 또는 배설과 탄생은 같은 몸의 순환 고리로 이어진다. 이때 몸은 단순히 살과 피로 이루어진 육체성만이 아니다. 그 몸은 정신과 영혼을 작동시키는 유전자를 실행하고 있는 캡슐이다. 이 몸의 순환 고리는 모든 탄생, 그리고 창조의 알레고리이다. 시 한 편을 완성하는 탈고(脫稿)의 과정은 육체가 겪는 산고(産苦), 배설의

---

97 강영계, 위의 책, p.118.

노고(勞苦)와 다르지 않다. 니체는 정신적인 것도 몸의 기호로서 확
정되어야만 한다며 '출생, 생식, 죽음. 그게 전부이고, 전부이고,
또 전부이다' 라고 말한 바 있다.[98]

데카르트의 인간을 이성인(Homo sapiens), 프로이트의 인간을 리
비도인(Homo libido)이라 명명할 수 있다면 니체의 인간은 자연인
(Homo natura)이며[99], 분비와 변용의 시인인 박용철의 시인은 바로
니체적 몸의 시인(Poet natura)이라 호명될 것이다.

3. 서정주와 무한생명의 꽃

서정주 시에서 두드러지게 나타나는 특징은 천변만화한 범우주
적 몸 바뀜, 육체의 신출귀몰한 변형이다.

> 내 마음 속 우리님의 고은 눈섭을
> 즈문밤의 꿈으로 맑게 씻어서
> 하늘에다 옴기어 심어 놨더니
> 동지 섣달 나르는 매서운 새가
> 그걸 알고 시늉하며 비끼어 가네
>
> ―「冬天」 전문

---

98 이거룡 외, 앞의 책, p.99.
99 김정현, 『니체의 몸 철학―주체, 개인, 자아 문제에 대한 사회철학적 이해』, 지
　　성의 샘, 1995. p.185.

　서정주 시 가운데 드물게 단품(短品)인 시에 속하는 위 시「冬天」에서 '우리님의 고은 눈섭'은 '동지 섣달' 겨울 하늘에 뜬 그믐달이 된다. 눈섭이 '하늘에다 옴기어 심어'지는 것만으로 절로 그믐달이 되는 것은 눈섭과 그믐달의 형태적 유사성에 기인한다. 하지만 이 시가 가진 진폭은 눈섭과 그믐달의 형태적 유사성만으로 커진 것이 아니다. 그 눈섭은 시적 화자의 '마음 속'에 있던 '우리님의 고은 눈섭'으로, 마음 속으로 옮겨 오기 이전의 실체적 '우리님'이라는 대상을 상정하고 있는 것이라 볼 수 있다. 그렇다면 '내 마음 속 우리님의 고은 눈섭'은 이미 실체적인 '우리님'의 육체적 변용이 된다. 게다가 실체가 아닌 마음 속에 존재하는 님이란 실체적 님과의 닿을 수 없는 거리감을 배가하면서 그 신비와 추앙의 도를 높이는 역할을 하게 된다. 여기에서 눈섭과 달은 단지 형태적 유사성만을 가진 변용이 아님을 알 수 있다. 실체적 님이 '내 마음 속'에서 '고은 눈섭'이 되고 그 '눈섭'이 다시 하늘로 옮겨가 달이 되는 이중적 변용의 과정을 거쳐 '우리님'은 마침내 '동지 섣달 매서운 새도 비끼어'가는 겨울 찬 하늘의 달로 명징한 생명력을 갖게 된다. 다음의 시 역시 눈섭과 달의 변용을 다소 해학적인 어조로 보여주고 있는 시이다.

　　대추 물 드리는 햇볕에
　　눈 맞추어
　　두었던 눈섭.

　　고향 떠나올때

가슴에 끄리고 왔던 눈섭.

열두 자루 匕首 밑에
숨기어져
살던 눈섭.

匕首들 다 녹 슬어
시궁창에
버리던 날,

삼시 세끼 굶은 날에
역력하던
너의 눈섭.

안심찮아
먼 산 바위
박아 넣어 두었더니

달아 달아 밝은 달아

추석이라
밝은 달아
너 어느 골방에서
한잠도 안자고 앉었다가
그 눈섭 꺼내 들고
기왓장 넘어 오는고.

— 「秋夕」 전문

‘눈 맞추어 두었던’ 이나 ‘가슴에 끄리고 왔던’ 에서 짐작할 수 있
듯 이 시에 등장하는 눈썹은 여인의 눈썹으로 볼 수 있다. 그리고
어인 일인지 까닭은 알 수 없지만, 그 눈썹은 ‘열두 자루 匕首’ 에
의탁해 목숨을 이어가거나 ‘열두 자루 匕首’ 로 무장해 자신을 방어
해야만 하는 처지에 놓여 있는 기박한 눈썹이다. 비수가 열두 자루
인 것은 1년이 열두 달임에 근거한 생애 최소 단위로서의 상징성을
가진 것이며, 비수 또한 생명 부지와 영위를 위한 최소한의 자기방
어책이자 자구(自救)의 수단이 된다. 그러나 이 비수들마저 ‘다 녹슬
어 버’ 려지고 ‘삼시 세끼 굶’ 어 생명력을 잃은 눈썹은 ‘먼 산 바위
에’ 무생명의 화석처럼 ‘박아 넣어’ 져 있다가 추석 밝은 달의 생명
력과 함께 부활한다. 즉, 눈썹은 변용의 과정을 통해 새로운 생명력
의 달로 환생하는 것이다.

그 나비는 아직도 살아서 있다.
숙영이와 양산이가 날 받아 놓고
양산이가 먼저 그만 이승을 뜨자
숙영이가 뒤따라서 쫓아가는 서슬에
생긴 나빈 아직도 살아서 있다.
숙영이의 사랑 앞에 열린 무덤 위,
숙영이의 옷끝을 잡던 食口 옆,
붙잡히어 찢어진 치마 끝에서
난 나비는 아직도 살아서 있다.

— 「숙영이의 나비」 전문

전래의 설화나 신화를 보는 듯한 위의 시에서도 ‘나비’ 는 죽은

‘양산이’의 살아 숨쉬는 육체를 대체한다. 인간으로서의 양산이의 육체는 죽었지만, 나비는 ‘아직도 살아서 있’고 ‘아직도 살아서 있다’는 점에 생명체로서의 나비의 위대함이 있다. 이러한 환생과 범우주적 생명 의식, 이 거듭되는 변용의 과정은 하나의 육체에서 다른 육체로 계속해서 옮겨 가는 무한 탈바꿈을 통해 무한 생명을 획득해 가는 움직임이라고 할 수 있다.

언제든가 나는 한 송이의 모란꽃으로 피어 있었다.
한 예쁜 처녀가 옆에서 나와 마주 보고 살았다.

그 뒤 어느날
모란꽃잎은 떨어져 누워
메말라서 재가 되었다가
곧 흙하고 한세상이 되었다.
그래 이내 처녀도 죽어서
그 언저리의 흙 속에 묻혔다.
그것이 또 억수의 비가 와서
모란꽃이 사위어 된 흙 위의 재들을
강물로 쓸고 내려가던 때,
땅 속에 괴어 있던 처녀의 피도 따라서
강으로 흘렀다.

그래, 그 모란꽃 사윈 재가 강물에서
어느 물고기의 배로 들어가
그 血肉에 자리했을 때,
처녀의 피가 흘러가서 된 물살은
그 고기 가까이서 출렁이게 되고,

그 고기를, ─그 좋아서 뛰던 고기를
어느 하늘가의 물새가 와 채어 먹은 뒤엔
처녀도 이내 햇볕을 따라 하늘로 날아올라서
그 새의 날개 곁을 스쳐다니는 구름이 되었다.

그러나 그 새는 그 뒤 또 어느날
사냥꾼이 쏜 화살에 맞아서,
구름이 아무리 하늘에 머물게 할래야
머물지 못하고 땅에 떨어지기에
어쩔 수 없이 구름은 또 소나기 마음을 내 소나기로 쏟아져서
그 죽은 샐 사 간 집 뜰에 퍼부었다.
그랬더니, 그 집 두 양주가 그 새고길 저녁상에서 먹어 消化하고
이어 한 嬰兒를 낳아 養育하고 있기에,
뜰에 내린 소나기도
거기 묻힌 모란씨를 불리어 움트게 하고
그 꽃대를 타고 올라오고 있었다.

그래 이 마당에
現生의 모란꽃이 제일 좋게 핀 날,
처녀와 모란꽃은 또 한 번 마주 보고 있다만,
허나 벌써 처녀는 모란꽃 속에 있고
前날의 모란꽃이 내가 되어 보고 있는 것이다.

─「因緣說話調」 전문

불교의 연기설과 윤회론을 그야말로 시 제목 그대로 설화조로 풀어쓴 듯한 위 시는 천변만화하고 변화무쌍한 육체의 범우주적 순환과 변용을 파노라마처럼 펼쳐 보인다.

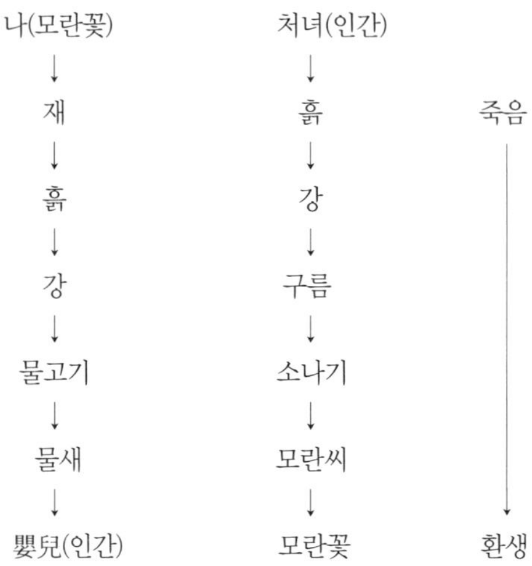

위의 도표에서 보듯, 처음에 모란꽃이었던 '나'는 범우주적 생명
의 순환을 통해 인간으로 환생한 반면 인간의 '처녀'는 자신이 바
라보던 모란꽃으로 환생한다. 모란꽃인 '나'로부터 인간으로, 인간
의 '처녀'로부터 모란꽃으로 이어지는 수직적 축의 순환적 변용은
수평적으로는 모란꽃이었던 '나'와 '처녀'가 서로 몸 바꿈을 하는
찰나적이자 비약적인 변용이 된다. 이렇게 자체 변용과 상호 변용
이 활발하게 얽혀들면서 서정주 시는 생명이 생명을 낳을 뿐 결코
소멸하는 일이 없는 생명의 무한궤도를 펼쳐 놓는다.

가신 이들의 헐덕이든 숨결로
곱게 곱게 씻기운 꽃이 피었다.

흐트러진 머리털 그냥 그대로,
그 몸ㅅ짓 그 음성 그냥 그대로,

옛사람의 노래는 여기 있어라.

(중략)

쉬여 가자 벗이여 쉬여서 가자
여기 새로 핀 크낙한 꽃 그늘에
벗이여 우리도 쉬여서 가자

—「꽃」에서

위 시에서도 '곱게 곱게 씻기운 꽃'은 '가신 이들의 헐덕이든 숨결'로 피어난 생명이다. 그 꽃, 그 생명에는 '흐트러진 머리털 그냥 그대로, 그 몸ㅅ짓 그 음성 그냥 그대로'인 '옛사람의 노래'가 고스란히 배어 있다. 그렇기에 새로 피어난 꽃은 꽃 자체만의 생명력으로 피어난 꽃이 아니다. 그 꽃은 '가신 이들의 숨결'과 '옛사람의 노래'가 함께 피워낸 꽃, '새로 핀 크낙한' 생명의 꽃이다.

아래 시편들에서도 '난초', '국화꽃', '싸리꽃' 등의 꽃은 생명의 끝없는 연쇄와 중첩을 보여준다.

이 고요에
묻은
나의 손때를

누군가
소리 없이
씻어 헤우고

그 씻긴 자리

새로
벙그는

새벽
지샐 녘
난초 한 송이.

—「四更」에서

국화꽃이 피었다가 사라진 자린
국화꽃 귀신이 생겨나 살고

싸리꽃이 피었다가 사라진 자린
싸리꽃 귀신이 생겨나 살고

사슴이 뛰놀다가 사라진 자리
사슴의 귀신이 생겨나 살고

영너머 할머니의 마을에 가면
할머니가 보시던 꽃 사라진 자리
할머니가 보시던 꽃 귀신들의 떼

—「古調 貳」에서

'고요에 묻은 나의 손때'가 지워진 자리에는 '난초 한 송이'가 '새로 벙'글고, '국화꽃·싸리꽃'이 피었다가 사라진 자리에는 '국화꽃·싸리꽃 귀신'이 '생겨나 살'며, '할머니가 보시던 꽃 사라진 자리'는 '꽃 귀신들의 떼'로 가득하게 된다.

이렇듯 하나의 생명이 사라진 자리를 다른 하나의 생명이 채우는 서정주 시의 집요한 생명 의식은 생명의 영원성을 지향하는 것이기도 하지만, 반면 그것이 자연의 냉혹한 생존 원리를 도리어 환기시키는 아이러니로 작용하기도 한다.

> 내가 죽고서 네가 산다면!
> 네가 죽고서 내가 산다면?
>
> — 「푸르른 날」에서

‘네’가 살기 위해서, ‘너’의 생명을 위해서는 ‘내’가 죽어야 하는 선행 과정 내지 희생이 있어야 하고 ‘내’가 살기 위해서는 ‘네’가 죽어야 하는 생명의 이 비정한 순환 원리는 때로 서정주 시에서 공격적 생명력[100]으로 드러난다. 마치 「花蛇」가 노정하는 생명에 대한 혐오와 매혹이라는 이율배반성[101]이 그러하듯, 서정주 시의 감당할 길 없는 에너지[102]로서의 범생명주의는 적자생존과 그에 따른 도태의 원리에 기반을 두고 있는 것 또한 부인할 수 없는 사실이다. 그러나 그것은 서정주 시가 의도하고 있는 것이라기보다 자기증식력과 자기치유력이라는 생명의 자생 원리에 따른 것으로 보아야 할 것이다.

> 새로 생긴 애기의
> 누더기 襁褓 옆에

---

100 김화영, 『未堂 徐廷柱의 詩에 대하여』, 민음사, 1984. pp.23~25.
101 김화영, 위의 책, p.24.
102 위의 책, p.25.

첫국밥 미역국 내음새 속에
피어나는
꽃아,
쏟아져 내리는
機銃掃射 때의
탄환들같이
벽도
인육도
뼈다귀도
가리지 않고 꿰뚫어 내리는
꽃아.
꽃아.

— 「꽃」에서

‘쏟아져 내리는 機銃掃射 때의 탄환들같이’ 꽃은 막무가내의 생명력으로 피어나고 ‘가리지 않고 꿰뚫어 내리는’ 생명의 집요함과 공격성을 드러낸다.

서정주에게 우주만물의 모든 생명은 대등하다. 그런 까닭에 인간의 육체란 그 어떤 다른 물질이나 생물체와도 변환 가능한 것이다.

찰란히 티워오는 어느아침에도
이마우에 언친 시의 이슬에는
멫방울의 피가 언제나 서꺼있어
볓이거나 그늘이거나 혓바닥 느러트린
병든 숫개만양 헐덕어리며 나는 왔다.

— 「自畵像」에서

크레오파투라의 피먹은양 붉게 타오르는 고흔 입설이다……슴여라!
베암.

우리 순네는 스믈난 색시, 고양이같이 고흔 입설……슴여라! 베암.

—「花蛇」에서

내 살결은 樹皮의 검은빛
黃金 太陽을 머리에 달고

沒藥 麝香의 薰薰한 이 꽃자리
내 숫사슴 의 춤추며 뛰여 가자
우슴웃는 짐생, 짐생 속으로.

—「正午의언덕에서」에서
(밑줄: 필자)

'숫개, 베암, 고양이, 숫사슴, 짐생' 등 서정주 시에서 우세한 생명 이미지는 동물성이다. 그것은 '헐떡어리고, 스며들고, 춤추며 뛰어가는' 운동성을 통해 생명의 왕성함과 강인함을 각인시킨다.

바람뿐이드라. 밤허고 서리하고 나혼자 뿐이드라.
거러가자, 거러가보자, 좋게 푸른 하눌속에 내피어 익는가. 능금같이 익는가. 능금 같이 익어서는 떨어지는가.
오─ 그 아름다운날은…… 내일인가, 모렌가, 내명년인가.

—「斷片」 전문

밤이 깊으면 淑아 너를 생각한다. 달래마눌같이 쬐그만 淑아
너의 全身을

—「밤이 깊으면」에서

　　그런가 하면, '능금'이라거나 '달래마눌' 같은 식물적 이미지는
작고 사소한 것에도 깃들어 있는 생명의 아름다움과 소중함을 발견
하게 한다.

—「春香 遺文—春香의 말 參」에서

—「祈禱 壹」 전문

—「古調 壹」에서
(밑줄: 필자)

　'물, 구름, 재, 항아리' 등 서정주의 생명은 우주만물과 온갖 사
물에도 존재한다. 서정주 시에서 특히 두드러지는 생명 이미지는
'병든 숫개, 베암, 고양이, 숫사슴, 짐생' 등 야생의 짐승 이미지,

동물적인 것이다. 심지어 「自畵像」에서 시인 자신을 일컬어 '병든 숫개만양 헐덕어리며 왔다'고 표현할 때 섬뜩하리만큼 한 생명의 야수성과 처절할 정도의 생명의 강렬함은 극대화된다.

우주만물을 관통하는 하나의 원리, 즉 생명 원리 하에서 서정주 시의 육체는 무한 변용과 무한 생명을 지향하며 이러한 역동성은 서정주 시의 호방함 및 분방함과 닿아 있다. 몸이 몸을 낳고 생명이 생명을 낳는 생명의 끝없는 자기증식, 멈출 줄 모르는 환생과 윤회의 순환적 생명은 서정주 시를 자생하는 하나의 거대한 우주적 유기체로 만들어 놓는다. 시인 스스로 '마음대로는 處理할 수 없는 내 生命의 歡喜를 理解할 따름'(「무슨 꽃으로 문지르는 가슴이기에 나는 이리도 살고 싶은가」)이라고 토로하고 있듯이.

'한 송이의 국화꽃이 피'는 데도 서정주 시에선 온 우주만물과 생명이 함께 동참하고 진통한다.

한송이의 국화꽃을 피우기위해
봄부터 솥작새는
그렇게 울었나보다

한송이의 국화꽃을 피우기위해
천둥은 먹구름속에서
또 그렇게 울었나보다

그립고 아쉬움에 가슴 조이는
머언 먼 젊음의 뒤안길에서
인제는 돌아와 거울앞에 선
내 누님같이 생긴 꽃이여

노오란 네 꽃닢이 필라고
간밤엔 무서리가 저리 네리고
내게는 잠도 오지 않았나보다

—「菊花옆에서」 전문

   '한 송이의 국화꽃을 피우기 위해 솥작새는 봄부터 그렇게 울고, 천둥은 먹구름 속에서 또 그렇게 울었으며, 노오란 네 꽃닢이 필라고 간밤엔 무서리가 저리 네리고' '나'는 불면의 밤을 지샌다. 자연의 생명 가운데 한 송이 국화꽃이 피는 일이란 늘 되풀이되어 온 사소한 일에 불과하건만, 그 한 생명의 탄생을 위해 치르는 다른 생명의 수고와 자연의 조력이란 눈물겹다. 그것은 '그렇게 울고', '저리 네리고', '잠도 오지 않는' 극심한 진통과 산고의 과정을 동반한다. 이렇듯 천지간의 공명을 통해 피어난 한 송이 국화꽃이 '누님'으로 변용되면서 국화꽃의 개화는 완성된다. '그립고 아쉬움에 가슴 조이던 머언 먼 젊음의 뒤안길'—그 솥작새와 천둥과 무서리와 불면의 밤의 격동 속을 통과해 이제 완성된 꽃의 정지된 고요 속으로 돌아오기까지, '누님'의 먼 생의 여정과 생명의 완숙이 한 송이 국화꽃의 개화에 화룡점정을 찍는 순간이다. '누님' 육체가 피워냈던 꽃이 설령 졌다 해도 국화꽃의 개화를 통해 '누님'의 꽃은 다시 새로운 생명의 꽃으로 피어난다. 그것은 서정주가 피워낸 무한 생명의 꽃이다.

4. 김민부와 육체 속의 달빛

서정주가 몸이 몸을 낳게 하고 생명이 생명을 낳게 하는 의미에서의 변용 시인이라면, 김민부는 몸이 몸을 균열시키고 파편화하여 끝내 증발하게 하는 의미에서의 변용 시인이라고 할 수 있다.

> 불 타오르는 정열에
> 앵도라진 입술로
> 남 몰래 숨겨 온
> 말 못할 그리움아
> 이제야 가슴 뻐개고
> 나를 보라 하더라
> 나를 보라 하더라
>
> —「석류(石榴)」전문

김민부[103] 시의 거처는 늘 육체, 혹은 다른 생물체로 전이된 육체이다. 사르트르식으로 말하자면, 육체는 그가 설사 실존하지 않는다 해도 그로 하여금 육체에 의해 그의 실존을 전개하지 않을 수 없게 하는 필연성이다. 그의 육체, 그의 유한성이 바로 그의 시를 씌

---

103 김민부는 1956년 일찍이 고교생 시절에 첫 시집 『항아리』를 간행하고 1957년과 58년 동아일보와 한국일보 신춘문예에 각각 시조 「석류」와 「균열(龜裂)」이 당선되었으며, 1968년 두 번째 시집 『나부(裸婦)와 새』를 낸 뒤 1972년 31세의 젊은 나이에 사고로 요절함으로써 다만 짧은 시력(詩歷)과 60편이라는 소량의 작품만을 남긴 시인이다. 그의 문명(文名)은 되레 가곡 〈기다리는 마음〉의 작사가로나 조금 알려져 있는 정도이다.

어지게 하는 조건인 것이다. 그는 육체로써 시를 쓰고 느낀다. 즉, 그의 시는 오감(五感)의 끝에서 씌어져 나오는 것이다. 그의 '가을'은 '구두 밑에 깔려 울'음 우는 것으로써 오며('구두 밑에 깔려서 울던 가을') 그가 '죽어 있던 저녁'을 발견하는 것도 '찻잔' 속에서이다('찻잔 속에 죽어 있던 저녁'). 그는 '찻잔 속에 남'아 있던 '죽음을' 혀로 '핥'는다('찻잔 속에/남은 죽음을/핥고 있을 때…').

> 가을은
> 들메뚜기의 비취(翡翠) 빛 눈망울 속에서
> 등불을 켠다
> 가을은
> 죽은 가랑잎을 갉는
> 들쥐의 어금니에 번쩍거린다
> 가을은
> 묘비(墓碑)를 적시는
> 몇 줄기 비로 내려서
>
> 이 하룻밤
> 내 슬픈 외도(外道)에
> 욱씬거리는
> 통증(痛症)으로
> 온다
>
> —「가을은」에서

김민부 시에서 가을은 막연히 그냥 오지 않는다. 가을은 그가 온다는 물증을 가지고 온다. '들메뚜기의 눈망울 속'에, '들쥐의 어금</p>

니'에, '묘비'에, 즉 살아 있는 몸 또는 구체적 사물에 '등불을 켜고, 번쩍거리고, 비로 내리며 적시는' 감각적 움직임을 통해서 '온다'. 또 가을은 육체가 '욱씬거리'며 느끼는 직접적 '통증'으로 오기도 한다. 생명 유지 활동을 하는 세상 모든 살아 있는 몸 속에 숨어 있는, 생명의 아름다움과 광휘와 혹은 생의 치열함과 처연함과 허무와 혹은 생의 고통과 아픔을 모조리 드러내 놓으며, 육체의 모든 통점이 생생히 열리고 산산이 벌어지도록 만드는 것이다.

> 시비(是非)하지 말라
> 그 가을
> 내 구두에 밟힌 귀뚜라미
> 그 귀뚜라미의 잔해(殘骸) 위에
> 빛나던 일모(日暮)를
> 레일 위에
> 무수(無數)히 그리운 얼굴을 치[轢]고
> 질주(疾走)하던
> 밤차의 처참(悽慘)한 차 바퀴 소리
> 여인숙(旅人宿)의
> 서러운 석유(石油) 내음새
> 그 석유(石油) 내음새에 묻어 오던
> 풀벌레 울음을
> 내 젊은 몸을 뜯던
> 겨울 이(虱)를…

—「비가(悲歌) Ⅱ」에서

'밟히고 치이고 질주하고 처참한 소리를 내며 서러운 냄새를 풍기고 울고 물어뜯는', 생은 촉각·청각·후각적 감각이 총동원된 육체의 생생한 격전장이며 또한 육체는 생의 적나라한 전시(展示)이다.

위에 인용된 두 편의 시들에서도 볼 수 있듯이, '가을' '가랑잎' '비'는 김민부 시에 자주 등장하는 시어들이다.

> 시방은 가을/죽어버린 사람의 그림자와/비 젖은 램프의 등피(燈皮)가 떨고 있는/박암(薄暗)의 술집에서/술을 마시면/비는 길바닥에서 탄다
>
> —「비가(悲歌)Ⅰ」에서

> 술집을 나서니/눈썹에 떨어지는/가을의/마지막 빗방울
>
> —「목탄(木炭)으로 쓴 시(詩)Ⅰ」에서

> 형안(炯眼)을 뜨라/가을이 들개처럼 짖을 때……
>
> —「소백산(小白山)」에서

> 소주(燒酒)여/너보다 더 독(毒)한 가을 비가/오는 날에는……
>
> —「봄날의 시(詩)」에서

> 지우산(紙雨傘)을 펴면/포말(泡沫)로 튀는 가을……/가을 비 속에서/난 비 젖은 아랫도리부터/죽어 오는데
>
> —「단장(斷章)Ⅰ」에서

> 모든 것이 죽어가는/가을 속으로/앙상한/백화(白樺) 나무의/늑골(肋骨)에/뜨는 달/울어대는 목관악기(木管樂器)의/음계(音階)마다/가랑잎이 지고
>
> —「단장(斷章)Ⅲ」에서

능욕(凌辱)같이/슬픈 가랑잎 을 맞으며……

— 「추일(秋日)」에서

가을 은/죽은 가랑잎 을 갉는/들쥐의 어금니에 번쩍거린다

— 「가을은」에서
(밑줄: 필자)

소월이 그의 시 「山有花」에서 가을을 '갈봄여름없이'라고 썼듯이 가을은 '가다' 라는 동사를 연상시킴과 함께 '모든 것이 죽어가'(「단장Ⅲ」)고 쇠락하고 떨어져 내리는 쓸쓸한 정서를 불러일으킨다. 김민부가 「서시(序詩)」에서 '조락(凋落)한 가랑잎' 이라고 썼을 때 그것은 그대로 가을의 환유가 된다. 가랑잎은 '울어대는 목관 악기의 음계마다' 빈번히 져 내리고 가을엔 '능욕같이 슬픈' 그 가랑잎을 맞아야만 한다. 그리고 '술집을 나서' 면 '소주보다 더 독한 가을 비' 에 가랑잎과 함께 몸이 젖는다. 비는 시인의 몸에 독(毒)이 되는, 시인을 허물어지게 하는 그 어떤 것이다. '술을 마시면 비는 길바닥에서' 시인의 애타는 심정처럼 '타' 고, '술집을 나서니' 마치 시인의 오래 참았던 서러운 눈물인 듯 '눈썹에' 는 '가을의 마지막 빗방울'이 떨어져 흐르며, '비 젖은 아랫도리부터' 시인의 몸은 서서히 죽어 간다.

김민부에게는 모든 것이 육체로 온다. 그의 시는 육체의 감각과 느낌, 육체의 기억이자 육체적 체험의 기록이다. 그것은 먼저 냄새, 곧 후각적 편향으로 나타난다. 그는 '여인숙(旅人宿)의 석유(石油) 내음새'(「비가(悲歌)Ⅱ」)로 생에 잠복한 '서러움'을 포착하며 '희한하게

도/그 배꽃나무 내음새가/코 끝에/뚜렷이 맡아지는/그런 꿈'(「어떤 판화」)을 꾸곤 한다. 그리고 '축축한 가을에' 그가 생각하는 여자는 '봄 미나리 냄새 나던 여자'이다. '비를 맞으면 죽고 싶다던 여자'의 말을 떠올리게 하는 비에서는 '풀꽃 마르는 냄새'가 난다(「낙수(落穗)」). 그 여자가 '맨 처음/내게로 왔을 때에는/마른 겨울날의 동백(冬柏) 꽃 냄새'(「아가(雅歌) I」)가 났다. 그런가 하면 시 「구름」에서 '길바닥에서 싸리 조롱(鳥籠)을 놓고 점(占)을 치고 있는 죽을 상을 한 여자'에게서는 '구공탄(九孔炭) 가스 냄새'가 난다.

시인에게 모든 생의 겪음과 흔적은 몸으로 오고 몸에 남는다. '겨울 이(虱)는 내 젊은 몸을 뜯'(「비가(悲歌) II」)었으며 '집 밖에/램프를 내다 거는/전정사(剪定師)의 조용한 발걸음 소리만/뜨락을 울리는' 11월의 밤에 '나의 살결은 너무 창백(蒼白)하였다'(「11월에」)

이러한 육체에의 경도는 의당 그것의 정해진 귀결이 그러하듯 끝내 시인으로 하여금 그 바닥인 죽음에 너무 빨리 도달하게 한다.

나는 때때로 죽음과 조우(遭遇)한다
조락(凋落)한 가랑잎
여자의 손톱에 빛나는 햇살
찻집의 조롱(鳥籠) 속에 갇혀 있는 새의 눈망울
그 눈망울 속에 얽혀 있는 가느디가는 핏발
내가 살고 있는 아파트의 창문에 퍼덕이는 빨래…
죽음은 그렇게 내게로 온다
어떤 날은 숨 쉴 때마다 괴로웠다
죽음은 내 영혼(靈魂)에 때를 묻히고 간다

그래서 내 영혼(靈魂)은 늘 정결(淨潔)하지 않다

— 「서시(序詩)」 전문

　김민부 시에서 죽음은 육체적인 징후로 다가온다. 조락한 육체, 여자의 날카로운 손톱에 빛나는 싸늘하고 차가운 햇살, 자유와 삶을 박탈당한 채 갇혀 있는 육체이건만 여전히 삶의 열망이 남아 있는 새의 눈망울, 그 눈망울 속 삶에 대한 가시지 않는 고뇌와 회한과 분노가 희미한 흔적처럼 얽혀 있는 핏발, 새의 조롱 속 같은 아파트 창문에 무심히 퍼덕이는 빨래……. 이렇듯 삶을 쇠락하게 하고 삶의 열망을 가둬 버리는 육체적 죽음의 징후들이 시인의 영혼에까지 '때를 묻히고' 가는 치명상이 된다는 데 김민부 시의 비극이 있다. 바흐친적으로 말하자면, 그는 물질적인 육체의 하위 층위에 경도되어 있으며 그의 시에 빈번히 등장하는 죽음의 이미지는 이런 하향성과 밀접하게 관련되어 있다. 김민부의 시세계를 죽음을 매개로 한 자기인식의 촉발로 본 김준오는 「서시(序詩)」의 서정을 애이불비(哀而不悲) 낙이불음(樂而不淫)한 것으로 표현하면서, 이 시가 가진 어둡지도 그렇다고 밝지도 않은 미묘한 복합성에 주목한 바 있다.[104] 죽음과 연루돼 있으면서도 죽음의 실체는 없고 운다고 하면서도 소리가 없으며 눈물을 말하되 정작 흘러내리는 액체는 없는, 이른바 비활성(非活性)의 세계를 다음 시에서도 발견할 수 있다.

---

104 김준오, 김민부 시집 『일출봉에 해 뜨거든 날 불러주오』 발문, 민예당, 1995. p.233.

술 잔(盞) 속에

반(半)쯤 술이 있다

네 육체(肉體)의 반(半)쯤 죽음이 머물고

살아 있는 네 나머지는

내 몸 속에 들어와 있었다

철죽꽃 냄새 나는

입술의 여자야

그때 넌 알 리 없었지만

나도 반(半)쯤은 죽어 있었단다

—「별리(別離) I」 전문

‘술잔 속에 반쯤’ 차 있는 ‘술’은 단지 있을 뿐 찰랑거리지 않는다. ‘살아 있는 네 나머지 육체’는 ‘내 몸 속에 들어와 있’을 뿐 그 이상의 어떤 움직임을 보이지 않는다. 봄의 ‘철죽꽃’ 같이, 생명의 냄새를 풍기는 ‘입술의 여자’를 몸속에 들였던 ‘나’도 이미 ‘반쯤 죽어 있었’던 것일 뿐 계속 죽어 가는 동작을 보이거나 죽음 쪽으로 진행되어 가는 것은 아니다. 움직이는데도 사실은 움직이는 게 아니고 살아 있음에도 진짜 살아 있는 것이 아닌, 정태적이며 비활성적인 세계를 드러내는 김민부의 시는 일종의 정령(精靈)적 차가움이 섞인 이지(理智)를 느끼게 한다.

육체에 대한 일종의 신경증과 강박증이 그 이면에 잠복해 있던 죽음을 들춰낸 예로는 김민부로부터 거리상 조금 떨어져 있긴 하지만, 거의 서로의 도플 갱어(dopple ganger)인 것만 같은 시인 기형도를 빼놓을 수 없다. ‘모든 길들이 흘러온다, 나는 이미 늙은 것이다’(기형도, 「정거장에서의 충고」)라고 탄식하는 이 조로(早老)한 두

젊은 시인은 모두 '길바닥을 다니며'(「목탄(木炭)으로 쓴 시(詩)」Ⅱ), 혹은
'길 위에서'(기형도, 「길 위에서 중얼거리다」) '중얼거린다, 중얼거린다,
중얼거린다'(「목탄(木炭)으로 쓴 시(詩)」Ⅱ). 그 중얼거림의 내용은 이러
하다.

> 나도 노인(老人)이 되어가리
> 그래서 달밤 속을 어정거리며
> 파이프 속에서
> 죽음이 끓는 소리에
> 귀를 기울이리
>
> —「나는 때때로」에서
>
> 그렇기에
>
> 나는 혐오한다, 그의 짧은 바지와
> 침이 흘러내리는 입과
> 그것을 눈치 채지 못하는
> 허옇게 센 그의 정신과
>
> —기형도, 「늙은 사람」에서

  둘 다 구름의 시인인 두 시인은 또 함께 입을 모아 말한다. '구름
은 나의 생업자금(生業資金)/상담(相談)을 마친 내 눈엔/비가 내린다'
(「구름」) '저녁의 정거장에 검은 구름은 멎는다/어떤 구름이 비가 되
는지 알게 되리/갑자기 눈물이 흐른다'(기형도, 「정거장에서의 충고」
「진눈깨비」)라고.
  '말을 듣지 않는 자신의 육체, 낡아빠진 구두에 쑤셔 박힌, 길쭉

하고 가늘은 자신의 다리를 보며 동물처럼 울부짖는'(기형도, 「여행
자」) 이 두 시인의 육체에 대한 고착은 그러나 육체에 대한 혐오와
거부의 몸짓인 것만은 아니다. 그것은 섬세한 육체적 감각으로 육
체를 통해 영위하는 삶의 광휘와 아름다움을 이미 알아 버린 자들,
그보다 먼저 '꽃 행상 나간 아내를 기다리는 동안 찬 술을 마시면서
버리고 싶은 목숨과 살아 있는 나날의 끓는 진공(眞空)'(「추일(秋日)」)과
'찬밥처럼 담겨진 방 금간 창 틈으로 고요히 빗소리 들리고 빈방이
어둡고 무서워 혼자 엎드려 훌쩍거리던'(기형도, 「엄마 걱정」) 육체의
결핍을 알았던 자들, 그래서 '곧 무너질 것들만'을 이상하게도 더
'그리워했'(기형도, 「길 위에서 중얼거리다」)던 자들이기에 느낄 수 있는
육체의 환멸과 삶에 대한 허무 의식이기도 하다. 바꿔 말해, 자신의
육체에 고착된 이 두 명의 음울한 나르시스들은 디오니소스적인 육
체의 찬가(讚歌)를 알기에 그 정적과 상실을 도저히 견딜 수가 없는
것이다.

> 나부(裸婦)의 육체의 구석구석에
> 금이 간다
> 그 균열의 간격을
> 달밤이 드나들며
> 내외(內外)에
> 다른 혼야(婚夜)를 마련한다
>
> (중략)
>
> 나부의 육체가 함유한

음악의 중량을
저마다의 음계로
바람과 치환하며
나부의 육체는 연소(燃燒)한다
나부의 육체는
소실(消失)하여 바람이 되었다

—「나부(裸婦)와 새」에서

육체는 늘 밖으로 나오고 싶어한다. '금이 가면서' 육체 이상의 그 무엇, '달밤이 드나들며' 육체 안에 육체 아닌 공간을 마련하게 내버려 둔다. '달밤'이 육체 안에 만든 공동(空洞)을 통해 '바람과 치환'하는 운동을 하던 육체는 마침내 '바람'으로 풍화한다. 혹은 '대문(大門)간 위에/수런거리는 목련(木蓮) 꽃/바람에 풀리는/그 목련(木蓮) 꽃처럼/나도 바람으로 풀려 버렸지'(「아가(雅歌)Ⅱ」)에서 보이듯 '바람으로 풀리'고 「봄날의 시(詩)」에서처럼 '아지랑이로 풀려 버'린다. 그것은 '꽃의 형상(形象)이 바람에 헝클어'(「균열(龜裂)」)지는 것과 같다. 소실과 풍화는 차라리 그 육체의 해피엔딩인지도 모른다. 이제 더 이상 육체에 갇혀 있지 않아도 되니까. 김민부 시에서 육체는 자주 '풍화'라는 결말을 취한다. '가만히 내 밖으로 풍화(風化)되어 가는 나의 고백(告白)'(「딸기밭」)에서처럼 육체 안에서 육체 밖으로 표현되거나 가시화되어 나온다는 것은 시인에게는 풍화를 향한 운동성이자 풍화되어 가는 과정이다. 그러나 '안'에 '있음'이 비가시적이라는 점에서 '없음'이라면 풍화는 그 '없음'이 밖으로 나와 가시적인 '있음'으로 채 화하기도 전에 무형화되는 것으로서의 '없음'이다. 그래서 시인의 육체는 나날이 가벼워지고 무게를 잃는다.

> 그래서 나날이 가벼워지는 나의 슬픈 체중(體重)이여 중량(重量)을 잃은 나의 육체(肉體) 위에서 나의 고운 피부(皮膚)를 바래는 눈부시게 찬란(燦爛)한 햇발의 향그러운 물결 속에서
>
> ─「딸기 밭에서」에서

'여자 대학교의 기숙사(寄宿舍) 같은 거/그 가을날, 그 진구렁의/진구렁의/죽은 풀꽃 마르던 냄새 같은 거/오─ 육신(肉身) 밖으로 나가고 싶어/육신(肉身) 밖으로 나가고 싶어'(「바다」)에서 '바다'는 '밖으로 나가고 싶어' 하는 시인 육체의 변용이 된다. 왜 그는 밖으로 나가고 싶어하는가. 그것은 육체 속에 있기에는 갑갑한 그 무엇이 늘 그의 육체를 부추기고 있기 때문이다. 바로 '파이프 속에서/죽음이 끓는 소리에/귀를 기울이리…'(「나는 때때로」)에서와 같이 그의 육체 속을 들끓고 있는 죽음에의 강박 의식이기도 하고 '육체 속의 풍금 소리와/육체 속의 달빛'(「11월에」)과 같이 생의 조용한 환희와 내밀한 열정, 음울한 도취이기도 한 그 무엇이.

김준오는 시 「기다리는 마음」이나 「석류」를 연가(戀歌)류의 가요시라 명명하면서, '바다'를 '여자대학교의 기숙사 같은 거'로 비유한 참신한 이미지에서 확인할 수 있듯이 그의 시적 이미지의 형성은 대부분 여성과 관련되어 있다고 지적한다.[105] 그러나 그는 김민

---

105 김준오, 김민부 시집 발문, p.228.

부의 연가류 시보다는 연가류의 변형으로서의 쾌락주의적이고 탐미주의적인 색채에 주목한다. 왜냐하면 쾌락주의는 시인을 괴롭혔던 삶의 고뇌와 구분되지 않기 때문이다. 그는 일례로 「목탄(木炭)으로 쓴 시(詩) I」에서 이 쾌락주의가 '푸줏간 딸년에게 청혼(請婚)을 하자/너는 술청에서/술보다 더 많이 살을 팔고/나는 너의 기둥서방 되리…' 처럼 자기붕괴로부터 오히려 쾌감을 느끼는 자학적 어조의 퇴폐주의로까지 변주됨을 보여준다.

김준오에 의하면 김민부 시에서 쾌락주의가 의미심장한 근거는 이것이 그의 시의 마지막 표정인 고통스러운 자기인식을 촉발시킨 데 있다. 이 자기인식의 시편에서 삶의 고뇌뿐만 아니라 내적 갈등이 드러나는 시인의 시적 정직성을 비로소 보게 된다는 것이다. 그런 까닭에 흔히 많은 시인들에게 시 쓰기는 일종의 자기구원의 방편일 수 있지만, 이러한 비극적 자기인식으로 시적 편력을 마감한 김민부의 경우 시 쓰기는 구원이 되지 못했고 바로 이 지점에 그의 요절의 의미가 놓여 있음을 그는 간파한다.

김준오적 관점대로 김민부는 결코 위대한 시인이 아니라 조그마한 시인이었다. 그에게는 세계를 변혁하려 하거나 세계를 탓하는 대담함과 용기, 세상을 보듬어 안는 너그러움과 따스함, 통쾌하게 세상을 웃어넘기는 등의 대가다운 면모가 없었다. 그의 시는 자신과의 싸움에 힘겨워하고 자신의 한계를 절감한 자의 적나라한 비틀거림이자 안쓰러운 웅얼거림이었다. 그러나 그 '조그마한 시인' 인 김민부에게는 시적 정직성과 처절함에서 뿜어져 나오는 시인의 파토스와 위력이 있었다.

할 일 없는 바위는

제 몸에다 새기고 있었다

몇 마리의 새가 날아간

슬픈 궤적(軌跡)과

바람에 헝클어진 꽃의 형상(形象)…

―「균열(龜裂)」에서

바위가 제 몸에 낱낱이 새기는 생의 '슬픈 궤적'과 '헝클어진 형
상', 육체의 그 균열의 기록이며 그 균열 사이의 터져 나올 듯한 들
끓음이자 육체 밖으로의 파편화, 그 긴박함과 절박감이 김민부의
시가 보여주는 여정이다. '가을 풀꽃밭에/찬비 우는 가을 풀꽃밭에
/서면/징 징/피 속에서 징을 치는구나'(「귓속말」)라는 시인의 절박한
외침이 울려오듯.

새들은 제 몸무게만큼

나뭇가지를 흔들다 가고

여자는 제 영혼(靈魂)의 무게만큼

날 흔들다 가고……

가을이여

떫디떫은 나의 피를

향그럽게 익히소서

저 항아리 속의

죽은 달빛과 포도(葡萄)를

발효(醱酵)시키듯이……

―「기도(祈禱)」 전문

유한의 '항아리 속'에 담긴 '죽은 달빛과 포도'는 발효되어서야
항아리 안을 벗어날 수 있듯이 유한의 육체 속에 담긴 '떫디떫은

피'가 '향그럽게' 익을 때 시인의 영혼은 비로소 육체로부터 발효할 것이다.

5. 변용 시인들의 쾌감과 풍화(風化)되는 시

이상에서 보듯 서정주, 김민부와 같이 몸을 시의 근거지로 하는 변용 시인들의 시에서 느낄 수 있는 것은 어떤 류의 쾌감이다. 몸이 몸을 낳거나 몸이 몸을 놓고 치르는 카니발은 그 자체가 몸의 축제이자 쾌감을 자아내는 현장이다. 몸은 인간의 가장 원초적인 층위이고 생을 영위하는 가장 기초적이며 필수적인 단위이기에 이들 시는 몸의 감각과 체험으로 먼저 다가오기 때문이다. 사디즘이나 마조히즘이 극도의 흥분과 쾌감을 야기하는 이유도 그것이 몸의 차원과 결부돼 있는 점과 무관치 않다. 그것이 생의 축제이든 난장이든, 시적 쾌감을 유발하는 이들 변용 시인의 시는 마치 몸이 자연과 생명의 원리에 따라 스러지듯이 풍화[106]의 길로 나아가는 풍화 시라고 할 수 있겠다. 생명의 순환을 통해 성취되는 서정주의 무한 생명

---

106 김화영은 서정주 시에서 숨겨진 생명성이 물(物)의 사라짐 또는 소멸을 통한 무(無)의 발생으로 드러남을 밝히고 있다. 무(無)는 물(物)의 소멸에서 출현하는 것이지만 물(物)의 소멸은 동시에 가려져 있던 생명의 항구성을 노출시키는 계기가 될 수 있다. 서정주 시의 무화(無化)는 영원한 생명의 발견을 위해 필요한 것이며, 무화는 단순한 사라짐이 아니라 참다운 소생, 영원 부활의 계기가 된다.(김화영, 앞의 책, p.89, p.135) '풍화' 역시 김화영이 언급한 '무화' 개념과 같은 맥락에 있는 것으로, 소멸과 재생 이미지를 함께 갖고 있는 바람의 운동성을 지칭한다.

이나 몸의 균열과 파편화를 통해 도달하는 몸의 말로인 김민부의 풍화 모두 생명의 기체적인 운동으로서, 끝도 없이 이 우주의 대기를 떠돌아다닐 것이기 때문이다.

서정주, 김민부와는 다른 층위에서의 변용 시인으로 이상(李箱)을 들 수 있다. 여기에서 이상이 전자의 시인들과 다른 층위가 되는 것은 몸을 오브제로 씀에 있어서 그가 취하는 시적 전략이 다르다는 의미에서다. 서정주 시에 있어 몸의 변용은 동물적인 강렬한 생명력이며 생에의 의지이고 그것을 맘껏 발산할 수 있는 전략이 된다. 그 변용에 의해 그의 시는 끊임없이 자기 증식한다. 김민부에게도 몸은 그가 얼마나 섬세한 육체적 감각으로 생에의 애착과 통증을 느끼고 있었는가를 드러내는 시적 전략이 된다. 반면 이상에게 몸은 가학의 대상이다. 그는 몸의 훼손과 왜곡과 비틀림이 자행되는 현장을 통해 허위적이고 가식적인 삶을 조롱하고 삶의 허무와 무의미를 구체화한다.

그사기컵은내骸骨과흡사하다.내가그컵을손으로꼭쥐었을때내팔에서는 난데없는팔하나가接木처럼돋히더니그팔에달린손은그사기컵을번쩍들어 마룻바닥에메어부딪는다.내팔은그사기컵을死守하고있으니 散散이깨어진 것은그럼그사기컵과흡사한내骸이다.

—「詩第十一號」에서

내팔이면도칼을든채로끊어져떨어졌다. (중략) 이렇게하여잃어버린내 두개팔을나는燭臺세움으로내방안에장식하여놓았다. 팔은죽어서도오히려 나에게怯을내이는것만같다.

—「詩第十三號」에서

　　　내왼편가슴心臟의位置를防彈金屬으로掩蔽하고나는거울속의내왼편가
　　슴을겨누어拳銃을發射하였다　彈丸은그의왼편가슴을貫通하였으나그의心
　　臟은바른편에있다.

—「詩第十五號」에서

　이상의 시는 절단과 자해(自害)라는 가학적인 몸짓을 통하여 자기 파괴 욕구의 극치를 보여준다. 이상 시의 육체는 건강한 육체가 아니라 병들고 훼손된, 그리고 늘 파기돼야만 할 어떤 대상으로서의 위협 앞에 놓인 것이다. 「詩第十一號」에서 '내 해골'은 일개 무생물적 사물인 '사기컵'과 흡사한 것으로 사기컵을 깨뜨리는 척하면서 사실 깨어진 것은 '내 해골'이다. 즉, 내 해골은 사기컵으로 대체될 수 있는 무생물적 사물에 불과하며 사기컵 대신 깨어질 수도 있는 소모품이나 다름없다. 또한 「詩第十三號」에서 '내 팔'은 '끊어져 떨어졌'으나 그것은 몸에 아무런 통증이 되지 않고 '나'에게도 아무런 충격이 되지 않는다. '나'는 떨어진 두 개 팔을 보란 듯이 '장식'용으로 '燭臺세'운다. 이러한 육체의 가학적 유희와 해체 앞에서 '팔은 죽어서도 나에게 怯을 내'인다. 「詩第十五號」에서 '나는 거울 속 내 왼편 가슴을 겨누어 권총을 발사하였'으나 거울 속 '나'와 거울 밖에 있는 '나'는 합체될 수 없는 분열적 육체임을 확인할 뿐이다.

　한편 이상의 계보를 잇는 현대의 변용 시인으로는 최승자[107]를

---

107 최승자는 1979년 『문학과 지성』을 통해 등단하였다. 시집으로 『이 時代의 사랑』 『즐거운 日記』 『기억의 집』 『내 무덤 푸르고』 『연인들』 『쓸쓸해서 머나먼』 등이 있다.

꼽을 수 있다.

> 일찌기 나는 아무 것도 아니었다.
> 마른 빵에 핀 곰팡이
> 벽에다 누고 또 눈 지린 오줌 자국
> 아직도 구더기에 뒤덮인 천 년 전에 죽은 시체.
>
> —「일찌기 나는」에서

최승자는 육체의 잔혹한 상자를 열어 버린 현대판 판도라이다. 그녀는 자신을 '곰팡이', '지린 오줌 자국', '구더기에 뒤덮인 시체'로 규정한다. 이 도저한 자학, 모멸, 자기멸시는 자기 육체의 바닥을 들여다보게 된 판도라의 분노이자 슬픔이다.

> 흐르는 물처럼
> 네게로 가리.
> 물에 풀리는 알콜처럼
> 알콜에 엉기는 니코틴처럼
> 니코틴에 달라붙는 카페인처럼
> 네게로 가리.
> 혈관을 타고 흐르는 매독 균처럼
> 삶을 거머잡는 죽음처럼.
>
> —「네게로」 전문

이 육체 잔혹극의 전도사는 '알콜처럼', '니코틴처럼', '카페인처럼', '매독 균처럼', 때로는 '죽음처럼' 육체의 모든 타락과 황폐와 파탄을 안고 사랑하는 '네게로' 간다. 사랑한다는 것은 이 모든 육체적 재앙을 '너'에게 전파하고 투척하는 것이다. 그리고 그녀 역시 이상처럼 거울 앞에서 자신을 확인한다.

> 문득 내 얼굴을 확인하고 싶어
> 거울 앞에서 머리를 빗어봅니다.
>
> 언젠가 잘라버린 내 팔,
> 베어진 그 부위의 기억이 소름돋습니다.
> 고통처럼 행복처럼 소름돋습니다.
>
> —「문득 詩가 그리워」에서

그렇지만 거울을 통해 확인되는 것은 훼손되고 손상된 그녀의 육체와 그 훼손에 대한 '소름돋는' 기억일 뿐이다. 그러나 그 훼손의 기억이 '고통'이기도 하고 '행복'이기도 한 것은 그것이 바로 그녀가 받아들일 수밖에 없었던 삶이기 때문이다.

> 칼날이 허공에서 빛난다.
> 내 모가지를 향해 내려오는
> 그러나 순간순간 영원히 멈춰 있는.
>
> 쳐라 쳐라 내 목을 쳐라.
> 내 모가지가 땅바닥에 덩그렁
> 떨어지는 소리를, 땅바닥에 떨어진
> 내 모가지의 귀로 듣고 싶고
> 그러고서야 땅바닥에 떨어진
> 나의 눈은 눈감을 것이다.
>
> —「사랑 혹은 살의랄까 자폭」에서

무수한 꿈이 그녀를 짓밟았다
독한 희망에 그녀는 썩어 갔다
그리고 오늘밤 또 다시 바람은
하늘 밖에서 그녀를 부르고
오오 벼락치는 그리움에
절망이 번개 광선처럼
그녀의 뇌 속에 침투한다
그녀의 머리통이 깨어지고
꿈이 좌르르 쏟아진다
뇌수와 함께.

—「술독에 빠진 그리움」 전문

최승자에게 모든 생의 감각은 육체적인 것이다. '칼날'은 '모가지'를 향해 내려오며 그녀는 그녀의 '귀로 소리를 듣고 싶고' '눈은 눈 감'고 싶다. '무수한 꿈'이 '그녀(의 몸)를 짓밟'고, '독한 희망에 그녀(의 몸)는 썩어 갔'으며, '절망'은 그녀의 '머리통'을 '깨어지'게 하고 꿈은 (그 머리통에서) '뇌수'가 쏟아지듯 '좌르르 쏟아진다'. 육체는 삶이 주는 모든 곤욕을 고스란히 치러낸다.

(詩여 모가지여,
가늘고도 모진 시의 모가지여)
그러나 비틀어 잠가도, 새어나온다.
썩은 물처럼,
송장이 썩어나오는 물처럼.

내 삶의 썩은 즙,
한잔 드시겠습니까?

(극소량의 詩를 토해내고 싶어하는
귀신이 내 속에서 살고 있다.)

— 「자칭 詩」에서

그런 까닭에 시인에겐 시조차 육체의 썩은 분비물('썩은 즙')이 되며 '토해내고' 싶은 몸 안의 그 무엇이 된다.

이상과 최승자에게 육체는 모멸과 치욕의 다른 이름에 지나지 않는다. 이들은 진정 육체를 혐오하는 자들이다. 그러나 김민부나 기형도에게 있어서는 그들이 육체 '밖으로 나가고 싶'다고, 육체를 '경멸한다'고 말할 때조차도 사실 그들은 육체에 대한 애착을 버릴 수 없는 자들이기에 그 육체의 한계를 견딜 수 없는 것이며 거기서 벗어나고 싶어하는 것이다. 몸이 몸을 낳고 혹은 몸이 몸을 파괴하는 변용 시인들의 시는 오감을 직접적으로 자극하고 호소하는 시적 전략을 취함으로써, 시를 쓰고 읽는 쾌감의 도를 높인다. 아울러 시적인 것의 범주를 몸의 차원으로까지 확장하고 몸을 시적인 층위로 승화·고양시키는 데 기여하고 있다.

분뇨학적 관점에서 이들 변용 시인의 시에 나타난 배설의 양상을 살펴보면, 먼저 김민부의 경우에는 '울음'이나 '즙'의 액체적 분비 양상으로 나타난다.

경기(驚氣) 난 유아(乳兒)의
살을 찌르던
은(銀) 빛 침(針)의 아픔에 울던
그 순수(純粹)한 모음(母音)을

— 「생가(生家)」에서

충일(充溢)한 울음으로 채워진

— 「11월에」에서

빗장을 여는 그대의 손엔
몰약(沒藥)의 즙(汁)이 뚝뚝 흐르더라

— 「아가(雅歌) Ⅱ」에서

그 울음은 그러나 슬픔이나 우울 등 감정적인 인과 관계로 인해 빚어지는 말초적이고 부수적인 반응으로서의 울음이 아니다. 그 울음은 '살을 찌르'는 '아픔'에 즉물적으로 반응하는 '유아'의 '순수한 모음'이며, 스스로의 의미로 '충일한 울음'이다. 또한 '그대의 손'에서 '뚝뚝' 흘러내리는 즙은 기쁨과 환희의 무아경에 빠져 있는 '몰약'과 같은 즙이다. 그 '몰약의 즙'은 자신의 몸에서 몸이 분비해 낼 수 있는 극치의 것을 얻어 내려 하는 김민부의 시적 추구와 닮아 있다. 그렇게 몰약을 분비해 내느라 생명이 다 소진된 몸은 자연의 순리를 따라 '가만히 바람으로 분만(分娩)되어'(「딸기밭에서」) 간다.

이러한 '순수와 충일의 분만'은 서정주 시에서는 쾌변의 양상으로 드러난다.

아무리 집안이 가난하고 또 천덕구러기드래도, 조용하게 호젓이 앉아, 우리 가진 마지막껏—똥하고 오줌을 누어 두는 소망 항아리만은 그래도 서너 개씩은 가져야지. 上監녀석은 宮의 각장 장판房에서 白磁의 梅花틀을 타고 누지만, 에잇, 이것까지 그게 그 까진 程度여서야 쓰겠나. 집 안에서도 가장 하늘의 해와 달이 별이 잘 비치는 외따른 곳에 큼직하고 단단한

옹기 항아리 서너 개 포근하게 땅에 잘 묻어 놓고, 이 마지막 이거라도 실
천 오붓하게 自由로이 누고 지내야지.

(중략)

가람 李秉岐가 술만 거나하면 가끔 읊조려 찬양해 왔던, 그 별과 달이
늘 두루 잘 내리비치는 化粧室－그런 데에 우리의 똥오줌을 마지막 잘 누
며 지내는 것이 역시 아무래도 좋은 것 아니겠나? 마지막 것일라면야 이
게 역시 좋은 것 아니겠나?

— 서정주, 「소망(똥깐)」에서

서정주에게 배설은 '우리 가진 마지막껏－똥하고 오줌을' '조용
하게 호젓이 앉아' '해와 달과 별' 빛을 받으며 '自由로이 누'는 것
이다. 똥하고 오줌－배설물은 인간 신체의 생명 활동이 유지되는
한 끊임없이 생성되고 배출되는 것으로, 그런 의미에서 육체의 마
지막 생산물이자 소유물이 될 수 있다. 배설물은 살아 있는 육체의
증거이기도 하다. 그런 까닭에 서정주에게 호젓하고 자유로운 배설
의 공간－'소망 항아리'를 보유하는 것은 아주 중요한 권리가 된
다. '똥깐'의 이름이 '소망'인 점 또한 그런 생각을 반영하는 것 아
니랴. '우리의 똥오줌을 마지막 잘 누며 지내는 것'－어쩌면 그것
이 인간의 몸에 대해 마지막까지 지켜 줘야 할 예의이자 행복이자
권리일는지 모른다. 다음의 시에서도 '뒤깐 똥오줌 항아리'가 뿜어
올리는 삶의 건강한 힘을 시인은 상가수(上歌手)의 노랫소리에 비유
한다.

질마재 上歌手의 노랫소리는 답답하면 열두 발 상무를 젓고, 따분하면 어깨에 고깔 쓴 중을 세우고, 또 喪輿면 喪輿머리에 뙤약볕 같은 놋쇠 요령 흔들며, 이승과 저승에 뻗쳤읍니다.

그렇지만, 그 소리를 안 하는 어느 아침에 보니까 上歌手는 뒤깐 똥오줌 항아리에서 똥오줌 거름을 옮겨 내고 있었는데요, 왜, 거, 있지 않아, 하늘의 별과 달도 언제나 잘 비치는 우리네 똥오줌 항아리, 비가 오나 눈이 오나 지붕도 앗세 작파해 버린 우리네 그 참 재미있는 똥오줌 항아리, 거길 明鏡으로 해 망건 밑에 염발질을 열심히 하고 서 있었읍니다. 망건 밑으로 흘러내린 머리털들을 망건 속으로 보기좋게 밀어넣어 올리는 쇠뿔 염발질을 점잔하게 하고 있어요.

明鏡도 이만큼은 특별나고 기름져서 이승 저승에 두루 무성하던 그 노랫소리는 나온 것 아닐까요?

—「上歌手의 소리」 전문

'이승 저승에 두루 무성하던' 상가수의 노랫소리가 '하늘의 별과 달도 언제나 잘 비치는 우리네 똥오줌 항아리, 비가 오나 눈이 오나 지붕도 앗세 작파해 버린 우리네 그 참 재미있는 똥오줌 항아리' 에서 흘러나온 것 아닐까라고 넌지시 말하는 시인에게서 건강하고 원초적인 삶의 힘에 대한 믿음과 경외심을 발견할 수 있다.

오줌도 서정주 시에선 예사로운 오줌이 아니다. 그것은 '무우밭을 제일로 무성하' 게 하는 생명의 '신바람', 위압적인 힘을 발휘하는 위력의 '신바람' 으로 쾌변 못지않은 건강한 생명력의 발산이다.

小者 李 생원네 무우밭은요. 질마재 마을에서도 제일로 무성하고 밑둥거리가 굵다고 소문이 났었는데요, 그건 이 小者 李 생원네 집 식구들 가운데서도 이 집 마누라님의 오줌 기운이 아주 센 때문이라고 모두들 말했읍니다.

옛날에 新羅 적에 智度路大王은 연장이 너무 커서 짝이 없다가 겨울 늙
은 나무 밑에 長鼓만한 똥을 눈 색시를 만나서 같이 살았는데, 여기 이 마
누라님의 오줌 속에도 長鼓만큼 무우밭까지 鼓舞시키는 무슨 그런 신바람
도 있었는지 모르지. 마을의 아이들이 길을 빨리 가려고 이 댁 무우밭을
밟아 질러가다가 이 댁 마누라님한테 들키는 때는 그 오줌의 힘이 얼마나
센가를 아이들도 할수없이 알게 되었읍니다.

—「小者 李 생원네 마누라님의 오줌 기운」에서

몸의 자연스럽고 건강한 생리이자 쾌변의 양상으로 나타나는 이
들 변용 시인의 배설과 분비를 통해 나오는 시는 상온(常溫)의 시이
다. 상온의 시가 주는 온도계적 느낌은 시원함과 상쾌함과 선선함
이다. 그것은 배설의 속도와 쾌감에 비례한다. 쾌변이란 섭취물의
소화 작용이 왕성하고 신진대사가 원활하다는 표식으로, 건강한 육
체를 위한 필요조건이며 건강한 육체임을 대변하는 물증이기도 하
다. 그 배설은 소멸과 재생, 비움과 채움의 밀고 당기는 역학을 아
는 배설이다. 상온의 시가 정서적으로 환기하는 효과는 공감, 동일
시, 축제, 동화라고 할 수 있다.

이들 변용 시인의 시는 자기만족적이며 자기를 극대화하는 것으
로, 자체 궤도를 끝없이 순환한다. 서정주의 무한 생명은 끊임없는
자기 복제이자 자기 모사에 다름 아니며, 김민부의 균열과 연소는
자체 원리로 행해지는 자기 투척이다. 그러므로 이들 변용 시인의
시는 그것이 낙관이건 비관이건, 상승적 운동이건 하강적 운동이
건, 생명이건 소멸이건 간에 자족적인 운동성을 갖는다.

몸 속 영혼의 육체화

제4장
몸 속 영혼의 육체화

1. 발분서정(發憤抒情)의 정신

사마천(司馬遷)은 「태사공자서(太史公自序)」에서 다음과 같이 쓰고 있다.[108]

옛날 서백(西伯)은 유리(羑里)에 구금되어 『주역』을 부연하였고, 공자는 진채(陳蔡)에서 곤액을 당하여 『춘추』를 지었다. 굴원은 쫓겨나 이소(離騷)를 지었고, 좌구(左丘)는 실명한 뒤 『국어(國語)』를 남겼다. 손자(孫子)는 다리가 잘리고 나서 병법을 논하였고, 여불위(呂不韋)는 촉(蜀) 땅으로 옮긴 뒤 여람(呂覽)이 세상에 전한다. 한비자(韓非子)는 진(秦)나라에 갇혀서 세난(說難)과 고분(孤憤)을 지었다. 『시경』 삼백 편은 대개 성현이 발분

108 정민, 『한시미학산책』, 솔, 1996. p.217.

하여 지은 바다. 이 사람들은 모두 뜻이 맺힌 바가 있으나 이를 펼쳐 통함
을 얻지 못한 까닭에 지나간 일을 서술하여 장차 올 것을 생각한 것이다.

'대개 발분하여 지은 바'라고 할 때 발분의 분(憤)이란 주자(朱子)
의 풀이에 따르면 '마음으로 통함을 구하나 아직 이를 얻지 못한 상
태'를 말한다. 후세는 사마천의 이 발분저서(發憤著書)의 정신을 높
이 기린다. 공자는 발분망식(發憤忘食)을 말하였고 굴원(屈原)은 다시
여기에 사회적 성격을 담아 발분서정(發憤抒情)을 말한 바 있다.[109]
마음 속에 응어리 진 분(憤)이 있으니 이를 펴지 않고서는 견딜 길이
없다는 것이다.

욕망이 좌절되고 꿈이 상처 입을 때 사람들의 마음 속에는 이른
바 정서란 것이 생겨나고, 그 정서가 희소노매(喜笑怒罵)가 되어 터
져 나온 것이 바로 시이다.[110] 여기에서 주목할 점은 시를 쓰기 위
한 정서는 마음 속에서 움트는 것이지만 시는 몸의 지각을 통한 육
체적 반응인 웃음[笑]과 꾸짖음[罵]으로 터져 나온다는 표현이다. 물
론 이것은 시를 태어나게 하는 정서와 시가 표방하는 정서를 비유
적으로 표현한 말에 다름 아니다. 그러나 시적 정서를 마음속에 생
성된 비가시적인 것으로, 시를 육체 밖으로 '터져 나오는', 가시적
인 육체적 감각의 산물로 설정했다는 점을 눈여겨 볼 필요가 있다.
분(憤)이란 것은 한유(韓愈)의 글을 빌리자면 사물이 평(平)을 잃은 것

---

109 惜誦以致愍兮 發憤以抒情 ; 슬픔을 글로 읊어 근심 부르고, 화를 내어 마음을
　　나타내노라.(장기근 · 하정옥 역저, 『惜誦, 新譯 屈原』, 명문당, 2003)
110 정민, 앞의 책, p.215.

 시 쓰기의 분노학

과 같은 경우이다.

> 무릇 물건은 그 평(平)을 얻지 못하면 운다. 초목이 소리가 없으나 바람
> 이 흔들면 운다. 물이 소리가 없으나 바람이 이를 움직이면 운다. 그 솟구
> 치는 것은 혹 부딪치기 때문이요, 그 달리는 것은 혹 막기 때문이며, 그 끓
> 는 것은 혹 불에 데우는 까닭이다. 금석이 소리가 없으나 혹 이를 치면 소
> 리가 난다. 사람의 말도 또한 그러하다. 그만둘 수 없음이 있은 뒤에야 말
> 하는 것이니 그 노래함이 생각이 있고 그 울음은 품음이 있다. 무릇 입에
> 서 나와 소리가 되는 것이 그 모두 불평함이 있기 때문인가?[111]

위의 문장에서 특기할 만한 것은 '운다' 라는 표현이다. '운다' 는
'울다' 일 수도 있고 '울리다' 일 수도 있다. 어느 쪽이든 울거나 울
리는 것은 몸이 없이는 가능하지 않은 일, 몸으로 하는 일이다. 분
(憤)이란 몸으로 울거나 몸이 울리는 일이라는 말이 가능해진다. 그
러므로 발분이란 비록 마음에서 먼저 시작된다고 할지라도 바람에
흔들려 혹은 솟구치고, 혹은 달리고, 혹은 끓는 물처럼 몸의 평형이
깨지는 상태라고 할 수 있다. 마음에 평이 없다면 어찌 몸에 평이 있
겠으며, 몸의 평이 깨진다면 어찌 마음의 평이 온전할 수 있겠는가.
한유는 또한 「형담창화시서(荊譚唱和詩序)」라는 글에서 '무릇 화평
한 소리는 담박하고, 근심스런 생각이 있는 소리는 아름답다. 떠들
썩하게 즐기는 말은 공교하기 어렵고, 궁고의 말은 쉬이 좋다' 고 하
며 훌륭한 문학은 기만지득(氣滿志得)의 자족에서가 아니라 궁고수

---

111 정민, 앞의 책, p.213.

사(窮苦愁思)의 부득이함에서 나온다고 보았다.[112] 그래서 예부터 흔히 문학을 하려면 한(恨)이 있어야 한다고들 말하지 않았던가. 물론 그 말은 비단 문학에만 국한되는 말이 아니라 여타 예술에도 다 통하는 말이다.

그런가 하면 조선 말기의 문인 강위(姜瑋)는 '시의 지극한 것은 재주 부리지 않고 얻은 것이다. 재주 부림에 말미암아 얻은 것은 대개 지극한 것이 아니다. 난봉(鸞鳳)의 맑은 소리와 주옥(珠玉)의 빛나는 기운, 병든 이의 신음소리, 슬피 우는 이가 흘리는 눈물이 어찌 모두 재주 부림에 말미암아 얻어진 것이겠는가?' 라며 발분하지 않고는 시를 지을 수 없다 하였다.[113] 홍양호(洪良浩)도 그의 『이계집(耳溪集)』에서 '소리는 몸 안에 간직되어 있다가 어떤 계기에 부딪치면 터져 나오고, 그것은 마치 자연이 불어 보내는 바람을 사람이 이용하여 악기를 울리는 것과 같다' 면서 저절로 터져 나와 노래한 것이 아니라면 시의 정신은 죽어 버린다고 역설하였다.[114]

한편 발분저서(發憤著書)는 작품 배후에 있는 작가의 경험이나 인간성을 연구하는 심리학적 비평방법과 만나게 되는데, 여기에 지대한 영향을 끼친 것이 프로이트와 그의 정신분석학이다. 프로이트는 아리스토텔레스가 사용한 '카타르시스' 라는 말을 정신분석학의 임상적 용어로 차용하였으며, 예술가의 작품과 인간적 경험이 가진

---

112 정민, 앞의 책, p.214.
113 위의 책, p.218.
114 최행귀 외, 『우리 겨레의 미학사상』, 보리, 2006. p.215.

불가분의 상호 관련성에 주목하였다.[115] 라이오넬 트릴링은 프로이트 심리학이 시를 인간의 정신적 구조 자체에 고유한 것으로 만드는 심리학이라 말한다. 인간 정신은 정확히 시를 창조하는 기관이라 볼 수 있는데, 프로이트 심리학의 대체(displacement) 응축(condensation) 분열(splitting) 투사(projection)와 같은 심리 기제들이 시에 있어서의 은유와 제유, 환유 원리와 그대로 일치하기 때문이다.

데이비드 메츠거(David Metzger)가 말한 바 '환유라는 비의미의 화려한 술' 들이 달린, 그러므로 의미화를 유보하고 지연시키는 것이 환유라면 이 환유가 모인 지점에서 마침내 하나의 은유가 탄생할 수 있다. 라캉은 '비의미 속에서 의미가 생산되는 바로 그 지점에서 은유가 생산된다' 고 했다. 야콥슨에 의하면 은유는 유사성들 가운데서의 '선택' 이고 환유는 인접성들 간의 '이동' 이다. 이 말을 라캉식으로 바꾸면 은유는 상징적 범주의 '구성' 이고 환유는 상상적 관계의 '변주' 이다. 따라서 은유는 의미화이며 환유는 의미화의 실패, 지연, 유보이다. 환유가 의미화의 실패(또는 유보)인 것은 라캉이 말했듯이 환유는 '다른 어떤 것에 대한 욕망을 향해 끝없이 펼쳐져 있는 환유의 레일들' 이기 때문이다.[116] 라캉에게 은유와 환유가 무의식의 양면이라면 정과리에게 '환유는 지연된 은유이고 은유는 추월된 환유' 가 된다.[117]

---

115 이선영 엮음, 『문학비평의 방법과 실제』, 삼지원, 1983. p.312.

116 아니카 르메르, 이미선 옮김, 『자크 라캉』, 문예출판사, 1994. p.281.

117 정과리, 「정신분석에서의 은유와 환유」, 『은유와 환유』(기호학 연구 제5집), 한국기호학회 엮음, 문학과지성사, 1999. p.22.

시는 응축을 통한 순간적 상상력의 도약을 꾀한다는 점에서 은유
를 향한 끊임없는 도움닫기 운동이지만, 동시에 은유의 최고점을 늘
유보하고 지연시키는 환유의 레일들 위에 있다. 한 편의 시는 씌어질
때마다 그 이전에 씌어진 시를 넘어서려 하지만, 현재의 시 역시 이
후에 올 시를 위해 전작(前作)이 되어야만 하는 처지에 놓이는 것이다.

프로이트는 꿈의 해석이 시를 이해하는 데 도움을 준다고 생각했
으며 무의식의 심적 활동 개념은 시적 창조의 본질을 볼 수 있게 해
준다고 생각했다.[118] 그러므로 그에게 있어 모든 예술 작품은 예술
가 자신의 에고(ego)가 투영된 결과이다. 라캉 역시 모든 것은 언어
에 의존한다고 한 프로이트의 말을 좀 더 엄밀하게 다듬어 '무의식
은 언어처럼 구조화되어 있다'고 말했었다.[119] 또한 콜링우드는 예
술 작품을 예술가의 마음 안에 있는 것이 창조와 표현을 통해 외화
(外化ㆍexternalization)된 것으로 본다.[120] 콜링우드의 말을 바꿔 얘기
하자면, 발분이라는 삶의 원료가 시라는 예술로 변용되는 과정을
일컫는다 할 것이다. 그것은 창작 행위의 카타르시스와도 통한다.

예술은 신경증(발분서정)과 결부되어 있고 또한 일정 부분 그것을
원천으로 하고 있다. 예술가는 그것이 병적 증상으로 이르지 않게
하기 위해 리비도, 즉 성적이거나 본능적인 충동을 승화(sublimation)
시킬 수 있어야 하며 그것이 가능한 존재라고 프로이트는 말한
다.[121] 이때 예술 작품 혹은 예술적 표현은 현실적으로 충족되기 어

---

118 김혜숙ㆍ김혜련, 앞의 책, 1995. p.253.
119 루이 알뛰세, 이진수 옮김, 『레닌과 철학』, 도서출판 백의, 1991. p.209.
120 김혜숙ㆍ김혜련, 앞의 책, p.47.

려운 본능적 충동이 배출될 수 있는, 유용한 비(非)금기적 대상이 된다. 허버트 리드에 의하면 시적 창조행위는 심리적 긴장이 승화되는 하나의 치유적인 행위이고, 그렇기에 어떤 면에서 예술은 가장 훌륭한 종류의 건강이다.[122]

2. 몸 속의 영혼―정신분석학적 층위

지젝의 논의에 따르자면 프로이트가 배설물을 어린아이가 부모에게 선사하는 선물의 최초 형태로, 가장 깊은 내부로부터 연유한 물체로 간주한 것은 외견만큼 소박한 차원의 것이 아니다. 종종 간과되고 있는 사실은 타자에게 제공된 자신의 조각은 근본적으로 '숭고한 것'과 '배설된 것' 사이를 왕래한다는 것이다. 라캉에게 있어 인간을 동물과 구별 짓는 특성들 중 하나는 인간에게만 배설물의 처리가 문제 된다는 사실이다. 이는 그것이 고약한 냄새를 풍기기 때문이 아니라 인간의 깊은 내부에서 나온 것이기 때문이다. 인간이 자신의 배설물을 부끄러워하는 이유는 그 안에 자신의 내밀함을 노출시켰기 때문이고 구체화시켰기 때문이다. 그것은 몸체의 내부로부터 나오는 것이며 이 내부는 흉측하고 혐오스럽다.[123]

전통적으로 인도 철학에서는 몸을 몸과 마음을 모두 아우르는 개

---

121 김혜숙 · 김혜련, 앞의 책, p.255.

122 이선영 엮음, 앞의 책, p.321.

123 슬라보예 지젝, 김상환 · 홍준기 · 김선욱 · 김범수 · 변문숙 · 김서영 옮김, 『탈이데올로기 시대의 이데올로기』, 철학과현실사, 2005. p.272.

념으로 보고 몸 속에는 세계와 직접 부딪치는 물질적인 육체뿐만
아니라 세계를 감지하고 향수하는 정신 기능도 포함돼 있다고 보았
다.[124] 이른바 감정과 욕망뿐만 아니라 사유 과정도 몸의 개념에 속
한다는 것이다. 즉, 몸은 마음의 외피이며 마음은 몸의 내면이다.
몸은 마음과 별개의 것이 아니라는 사실은 동양 철학에서도 심신일
원론(心身一元論)으로 표현되고 있다.[125]

그러나 다른 한편 인간 내부에는 영혼의 불가사의가 존재하여 엄
청난 규모의 내면적 자원을 감추고 있는 것 또한 틀림없는 일이
다.[126] 파트리크 쥐스킨트 소설 『향수』에 등장하는 인물 장 바티스
트 그르누이는 인간 육체의 분비물을 통해 인간 영혼의 후각적 · 공
기적 현현(顯現)인 향수를 제조하려 한다. 그르누이는 그가 인생에서
뭔가 감동이라는 것을 맛본 적이 있다면 바로 불과 물과 수증기, 그
리고 골똘히 고안해 낸 어떤 도구를 이용해 물질로부터 향기의 영혼
을 빼앗는 과정에서였다고 말한다.[127] 꽃이나 꽃잎, 껍질이나 과일,
색이나 아름다움, 심지어 인간의 육체 그 자체는 그의 관심권 밖에
있는 것이었다. 그를 매료시킨 것은 물질 혹은 육체의 분비물로부
터 그 에센스를 채취함으로써 얻을 수 있는 향기의 영혼이었다.

그르누이의 행보가 흥미로운 것은 그의 지향이 품고 있는 이율배

---

124 이거룡 외, 앞의 책, pp.34~35.
125 위의 책, p.68.
126 슬라보예 지젝, 앞의 책, p.273.
127 파트리크 쥐스킨트, 강명순 옮김, 『향수; 어느 살인자의 이야기』, 열린책들,
    2007. p.148.

반성 때문이다. 그르누이는 최상의 가치라 여기는 영혼이라는 것을 얻기 위해 그가 그것을 해침으로써 생명 윤리를 곧잘 위반하곤 하는 물질·육체라는 것에 끊임없이 집착해야만 하는 것이다. 즉, 향기와 그 향기를 통해 추구하는 영혼이라는 무색·무미·무형의 형이상학적인 가치조차 육체를 모태(母胎)로 하는 것이며, 그것을 추구하는 자로서의 그르누이 역시 후각과 촉각과 시각과 미각의 총체인 육체를 갖춘 자여야만 한다. '나는 전적으로 몸이며 그 밖에 아무것도 아니다. 영혼은 몸에 대해 어떤 것을 일컫는 말에 불과하다'고 메를로 퐁티는 말하지 않았던가.[128]

　물질 혹은 몸에서 향기의 영혼, 즉 몸이 아니며 몸 이상인 그 무엇을 추출해 내려 하는 그르누이의 추구는 몸에서 높이 가고 멀리 가려 할수록 그를 더욱 몸 가까이 고착시킨다는 점에서 '그르누이의 역설'을 만들어 낸다. 처음에는 단순히 향수의 제조로 시작된 그르누이의 예술적이고 장인(匠人)적인 도정은 급기야 향기의 정점, 즉 향기의 영혼을 얻으려는 예술적 갈망의 극점에 도달하게 되고 그것은 인간의 생명 윤리마저 위반하는 악마적 열정으로까지 치닫게 된다. 그의 예술가적 열정과 추구는 인간적 윤리의 잣대를 넘어선 곳에 있다. 그렇기에 그의 육체적 소멸조차 그에겐 죽음이 아니라 예술가적 헌신이자 순교이며 예술적 추구의 극한이다.

　그르누이는 장인(匠人) 혹은 광인(狂人)이거나 초월자 혹은 범죄자이거나의 경계 안팎에서 아슬아슬한 줄타기를 선보이는데, 그의 그

---

128 이거룡 외, 앞의 책, p.99.

음험하고도 무모한 열정은 일견 인간적 차원에서는 한 편의 비극으로 보이는 예술가적 열정과 닮아 있다. 그르누이의 모습에서 김동인의 「광염 쏘나타」에 등장하는 음악가 백성수나 오스카 와일드, 보들레르 등 초현실주의적 예술지상주의자들의 광적인 예술혼을 연상케 되는 것도 그런 까닭이다. 예술가적 열정은 인간적 욕망과 배치되는데, 그 불화가 빚어지는 진원지는 바로 육체이다. 육체는 인간적 삶에 있어 모든 욕망의 발원이지만 그렇기에 예술가에게 있어서는 결핍의 표지가 되기 때문이다. 육체의 끊임없는 결핍을 동력으로 하지 않고서는 예술가 혹은 시인은 그의 예술혼 혹은 시혼을 불사를 수 없다. 그러므로 예술가 혹은 시인은 늘 그의 귓전에서 자신의 육체가 내지르는 비명과 고함소리를 듣고 있어야만 한다.

한시론에서 말하는 '발분서정' 역시 깊은 내부의 울림이자 때로는 추악하거나 수치스러운 내밀함의 발설이며 속깊이 응어리져 있는 것의 분출이다.

3. 김수영과 발분의 거미

김수영 시에 빈번히 등장하는 정서는 '설움' 이다.[129] '비가 그친

---

129 여태천에 따르면 설움의 정서에는 다른 정서의 의미가 연접되어 있다. 편차가 없는 것은 아니지만 '섧다' '비참하다' '슬프다' '서럽다' '우울하다' '구슬프다' '서글프다' 등을 설움과 비애의 정서로 이해해도 무방하며, 이들 정서적 어휘는 김수영 시 전편을 통해 70여회가 넘는 빈도수를 보이고 있다.(여태천, 『김수영의 시와 언어』, 도서출판 월인, 2005. p.231)

후 어느 날-/나의 방안에 설움이 충만되어 있는 것을 발견하였다'
(「방안에서 익어가는 설움」)고 시인은 말한다. 설움의 이유가 왜인지는
모르지만 시인에게 있어 설움은 그 이유를 묻기 전에 이미 시인의
'방안에 충만되어 있는 것' 이다.[130]

> 사람이란 사람이 모두 고민하고 있는
> 어두운 대지를 차고 이륙하는 것이
> 이다지도 힘이 들지 않는다는 것을 처음 깨달은 것은
> 우매한 나라의 어린 시인들이었다
> 헬리콥터가 풍선(風船)보다도 가벼웁게 상승하는 것을 보고
> 놀랄 수 있는 사람은 설움을 아는 사람이지만
> 또한 이것을 보고 놀라지 않는 것도 설움을 아는 사람일 것이다
>
> (중략)
>
> -자유
> -비애
>
> 더 넓은 전망이 필요 없는 이 무제한의 시간 위에서

---

130 유종호는 일찍이 그를 '설움의 시인' 이라 명명한 적이 있으며 김수영 시의 주
    요한 심리적 모티프가 '설움' 임은 여러 연구자에 의해 지적된 바 있다.(유종호,
    「시의 자유와 관습의 굴레」, 전집 별권, p.239)
    또한 여태천은 정서를 몸의 지각과 분리해 생각하기 어렵다고 하면서, 몸의 반
    응이 '피로하다' '피곤하다' '아프다' 와 같은 지각의 언어에 의해 표현된다면
    몸의 지각은 다시 '설움(비애)' '긍지(쾌활)' 와 같은 정서의 언어로 표현된다고
    말하고 있다. 여태천에 의하면 설움과 비애의 정서는 현실과 그 현실을 살아가
    는 움직임의 주체로서의 몸을 배제하고는 이해하기 어려운 것이다.(여태천, 앞
    의 책, pp.225~226)

산도 없고 바다도 없고 진흙도 없고 진창도 없고 미련도 없이
앙상한 육체의 투명한 골격과 세포와 신경과 안구까지
모조리 노출 낙하시켜 가면서
안개처럼 가벼웁게 날아가는 과감한 너의 의사 속에는
남을 보기 전에 네 자신을 먼저 보이는
긍지와 선의가 있다
너의 조상들이 우리의 조상과 함께
손을 잡고 초동물(超動物) 세계 속에서 영위하던
자유의 정신의 아름다운 원형을
너는 또한 우리가 발견하고 규정하기 전에 가지고 있었으며
오늘에 네가 전하는 자유의 마지막 파편에
스스로 겸손의 침묵을 지켜가며 울고 있는 것이다

— 「헬리콥터」에서

'놀랄 수 있는 사람은 설움을 아는 사람이지만/또한 이것을 보고 놀라지 않는 것도 설움을 아는 사람' 이 되는 까닭은 설움이라는 것이 시인에게는 그 어느 누구도 피해갈 수 없는 삶의 부득이함이자 부조리함이기 때문이리라. '비애의 수직선을 그리면서 날아가는 그의 설운 모양을/…/'헬리콥터여 너는 설운 동물이다'' 에서 볼 수 있듯 시인에게는 헬리콥터의 비상을 뜻하는 수직선마저 '비애' 스런 모양을 담은 것이 되고 헬리콥터는 까닭 없이 '설운 동물' 이 된다. 그렇다면 헬리콥터는 왜 '설운 동물' 인가. 헬리콥터의 수직 운동은 자유롭고 그것의 날아감은 외롭기 때문이다.

시인에게 발 딛고 사는 대지란 '사람이란 사람이 모두 고민하고 있는 어두운 대지' 이다. 이 어두운 대지를 차고 이륙하며 '풍선보다도 가벼웁게 상승하고 안개처럼 가벼웁게 날아가는 과감함' 이 바

로 헬리콥터가 성취한 자유의 모습이다. 그는 '자유의 정신의 아름다운 원형'이며 그가 전하는 것은 '자유의 마지막 파편'이다. 그러나 헬리콥터에는 '힘이 들지 않은' 것이, 헬리콥터가 획득한 자유라는 것이, 어두운 대지에 발 딛고 사는 사람들에겐 그저 추앙하며 바라볼 수밖에 없는 것이기에 그 자유는 곧 '스스로 겸손의 침묵을 지켜가며 울' 어야 할 비애의 다른 이름인 것이다.

김현은 헬리콥터의 비상이 새의 비상을 상기시켜 준다는 점에서 '자유의 정신의 아름다운 원형'을 가지고 있지만, 결국은 착륙하지 않을 수 없다는 점에 대해 '울지' 않을 수 없는 것을 가지고 있는 비상임을 언급한다.[131] 그렇기에 헬리콥터는 자유와 비애를 그 양극에 가지고 있으며 자유는 휴식과 달관을 거부하지만, 그것을 수락하지 않으면 생활을 영위할 수 없다는 것에 비애가 있다면서 김수영의 「헬리콥터」를 '비상 · 자유/착륙 · 비애'의 구도로 이해하고 있다.

> 꽃이 열매의 上部에 피었을 때
> 너는 줄넘기 作亂을 한다.
>
> 나는 發散한 形象을 求하였으나
> 그것은 作戰 같은 것이기에 어려웁다.
>
> 국수―伊太利語로는 마카로니라고

---

131 김현, 「自由와 꿈」, 『김수영의 문학』, 문학과지성사, 1983. p.108.

먹기 쉬운 것은 나의 叛亂性일까

동무여 이제 나는 바로 보마
事物과 事物의 生理와
事物의 數量과 限度와
事物의 愚昧와 事物의 明晳性을

그리고 나는 죽을 것이다.

—「孔子의 生活難」 전문

시집 『거대한 뿌리』의 맨 첫 장에 실린 이 시는 마치 김수영 시의 전위적 선언처럼 들린다. '꽃이 열매의 上部에 피었'다는 것이나 '發散한 형상', '이태리어(마카로니)로 명명되는 국수' 등에서 드러나는 것은 시각의 전도와 의식의 전위, 기존의 것을 뒤집는 낯설고도 새로운 명명법이다. 여기에 '너의 줄넘기 作亂'과 이국어(異國語)로 호명되는 국수라는 음식에 거부 반응을 일으키지 않는 '나의 반란성'은 의식에 머물지 않고 어떤 결단 내지 행위로 나아가는 촉매제가 된다.

그 결단 내지 행위란 시적 화자인 '나'가 단언하듯 '바로 보는' 것이다. 다시 말해 '바로 본다'는 행위는 매 순간 줄을 넘는 것과 같은 도약이자 모험이며, '반란성'에 의해서만이 가능한 것이다. 그리고 그 '바로 봄'의 대상이 '사물'인 것은 김수영 시의 추구와 지향이 구체성과 직접성, 물리성을 향하고 있는 것임을 말해 준다. '그리고 나는 죽을 것이다'라는 마지막 연에서의 언명은 '생활난'이라는 현실적 절박함 또는 한계상황, 그 속에 위치한 '공자(孔子)'

라는 캐릭터의 이율배반성과 더불어 김수영 시의 추구가 가지는 자기모순성과 반란성을 드러내 준다. 자기모순성은 그에게서 자의식이 되었고, 반란성은 그로 하여금 반시(反詩)를 낳게 했다. 이를테면 그는 생활난을 피부로 느끼게 된 '공자'인 것이며, 반시는 '공자'의 자기 전향인 셈이다.[132]

그는 이상과 현실, 이념과 생활, 자유와 비애, 혁명과 일상 그 경계선상에 있다. 그리하여 김수영에게 자유로움이란 '반란성'의 다른 이름인 것이며 외로운 것은 그가 혁명을 꿈꾸었던 까닭이다. 김수영의 반란성은 자유를 종식시키는 폭력의 억압성을 포기하고 폭정에 대해, 굴종에 대해, 잔인함에 대해, 그리고 죽음에 대해 항거하는 '카뮈적 반란'[133]이다. 그 혁명은

> 혁명은 안 되고 나는 방만 바꾸어 버렸다
> 그 방의 벽에는 싸우라 싸우라 싸우라는 말이
> 헛소리처럼 아직도 어둠을 지키고 있을 것이다
>
> —「그 방을 생각하며」에서

에서처럼 대적해 싸우는 행위와 싸워야 할 대상을 가진 혁명이기도 하고,

> 자유를 위해서
> 비상하여 본 일이 있는

---

132 이상은 필자의 졸고(「일상, 그리고 고백—김수영 시 읽기를 위한 두 개의 키워드」, 『이화어문논집』 제24 · 25 합본집, 2007. 11)에서 인용.
133 정화열, 앞의 책, pp.109~110.

사람이면 알지
노고지리가
무엇을 보고
노래하는가를
어째서 자유에는
피의 냄새가 섞여 있는가를
혁명은
왜 고독한 것인가를

혁명은 왜 고독해야 하는 것인가를

—「푸른 하늘을」에서

에서처럼 이상적이고 초월적인 가치, 즉 자유를 위해 무릅써야 하는 대가이자 통과의례 같은 것이기도 하지만, 역사적·시대적·사회적 층위에서의 혁명만이 아니라 끊임없는 자기 갱신과 실존적 결단이라는 과제 앞에 선 시인의 자기 혁명적 고뇌이기도 하다. 왜냐하면 진정한 반란자란 타자를 말살하려는 의도 없이 인간의 연대성에 대한 자신의 의무를 감지하고 발전시키는 사람이기 때문이다.[134]

만약에 나라는 사람을 유심히 들여다본다고 하자
그러면 나는 내가 시(詩)와는 반역된 생활을 하고 있다는 것을 알 것이다

먼 산정에 서 있는 마음으로 나의 자식과 나의 아내와
그 주위에 놓인 잡스러운 물건들을 본다

---

134 정화열, 앞의 책, p.110.

(중략)

　　방 두 칸과 마루 한 칸과 말쑥한 부엌과 애처로운 처를 거느리고
　　외양만이라도 남과 같이 살아간다는 것이 이다지도 쑥스러울 수가 있
　　을까

　　시를 배반하고 사는 마음이여
　　자기의 나체를 더듬어 보고 살펴볼 수 없는 시인처럼 비참한 사람이 또
　　어디 있을까

　　(중략)

　　나는 지금 산정에 있다
　　시를 반역한 죄로

—「구름의 파수병」에서

　‘외양만이라도 남과 같이 살아간다는 것’은 시인에게는 곧 ‘시와는 반역된 생활’을 한다는 것을 의미한다. 그것은 ‘시를 배반하고 사는’ 것이며 ‘자기의 나체를 더듬어 보고 살펴볼 수 없는 시인의 비참함’을 안고 사는 것이다. 그가 속죄의 대가로 할 수 있는 일은 다만 유배지인 듯 ‘먼 산정에 서’서 자신을 반성하고 ‘쑥스러워’하는 것뿐이다. 시인으로서의 김수영과 생활인으로서의 김수영의 자의식이 야기하는 괴리를 「나의 가족」이라는 시에서도 확인할 수 있다.

　　제각각 자기 생각에 빠져 있으면서
　　그래도 조금이나 부자연한 곳이 없는
　　이 가족의 조화와 통일을

나는 무엇이라고 불러야 할 것이냐

차라리 위대한 것을 바라지 말았으면
유순한 가족들이 모여서
죄 없는 말을 주고받는
좁아도 좋고 넓어도 좋은 방안에서
나의 위대의 소재(所在)를 생각하고 더듬어보고 짚어보지 않았으면

—「나의 가족」에서

　김수영이 바라는 그 위대함이란 무엇인가. 별다를 것도 없고 결코 위대하지도 위대할 일도 없지만, 부자연스럽지 않은 기막힌 '조화와 통일'을 시인 앞에 펼쳐 보이는 '유순한 가족들' 틈에서 시인이 '차라리… 말았으면' 하고 괴로워하며 바라는 위대함이란 대체 무엇인가. 그것은 혁명이나 자유이기도 하지만 무엇보다도 시인으로서의 그의 정체성이자 자의식이다. 혁명과 자유조차 김수영에게는 시로 수행되고 수행돼야만 할 시 이후의 것 아닌가. 김수영의 '위대의 소재'는 그의 시인됨에 있다.

　시인이라는 존재는 기질적으로 혹은 숙명적으로 일상에 대한 모반과 일탈을 꿈꾸는 자이며, 그 모반과 일탈의 완성도에 시인의 완성도가 달려 있고, 그것이 바로 유일하게 시인이 부여받을 수 있는 위대함의 징표가 된다. 그러나 한편 역설적으로 위대한 시인일수록 그가 품게 되는 '설움'의 밀도는 깊어진다. 시인이 된다는 것은 일상적 차원의 인간에서 점점 멀어진다는 것, 시인으로 완성된다는 것은 인간으로는 미완성임을 의미하기 때문이다. 김수영은 다른 어느 시인보다도 시인의 위대함에 대해 많이 생각했고 '위대의 소재'

를 고민했으며 그것을 위해 '온몸으로' 시에 복무하고자 했던 시인
이었다.[135)

　김수영 시의 선행 연구자들이 김수영 시의 중요한 특징 중 하나
로 지목하고 있는 것은 시의 화자가 실제 시인과 일치한다는 점이
다.[136) 김수영 시가 이룩해 낸 기법상의 성과들 중 가장 중요한 것
의 하나는 시적 제재 및 언어의 새로움으로, 특히 그는 자기 자신의
개인적 체험을 시화하고 있을 뿐 아니라 일상적인 제재, 그것도 전
통적으로 시의 소재로 금기시돼 온 것들을 시화한다.[137) 아무렇게
나 써내려가다가 생각이 나서 갑자기 행을 바꾼 듯한, 단정치 않은,
자유로운 산문식의 시행, 끝도 없이 계속될 것 같은 길고 긴 무형식
적인 시의 형식, 욕설과 상소리와 수다와 요설의 거침없는 구사, 온

135　김우창은 '예술가의 양심과 세상의 허위'라는 공식으로 요약된 예술적 이상이
　　　시인에게 하나의 거짓 포우즈를 만들어 내고 자기 위안의 수단이 될 가능성이
　　　있음을 언급하면서, 「구름의 파수병」 등에서 드러나듯 김수영에게도 이러한 면
　　　이 전혀 없는 것은 아니라고 지적한다. 김수영이 박인환을 경멸한 것도 그가 시
　　　의 외적인 장식만을 알았지 정직성을 배우지 못했다는 이유에서였다는 것이다.
　　　한편 김우창은 김수영의 「詩人의 精神은 未知」라는 글에서 '시인은 영원한 배
　　　반자다. 寸抄의 배반자다. 그 자신을 배반하고, 그 자신을 배반한 그 자신을 배
　　　반하고, 그 자신을 배반한 그 자신을 배반한 그 자신을 배반하고…'라는 구절
　　　을 인용하면서 이렇게 밖으로 안으로 모든 기존의 사실로부터 도망가고자 하는
　　　시의 언어 이것이 김수영 시의 언어의 한 이상이었으며 그는 구극적으로 시를
　　　하나의 움직임, 하나의 행동, 언어행위 자체만으로 '언어와 나 사이에는 한 치
　　　의 틈사리도 없는'(김수영 詩作 노우트) 순수한 현장성, 순수한 에네르기아
　　　(energia)로 만들고자 했다고 밝힌 바 있다. (김우창, 「예술가의 良心과 自由」)
136　강연호, 「김수영 시 연구」, 고려대 박사학위 논문, 1996. p.153.
137　한명희, 『김수영 정신분석으로 읽기』, 도서출판 월인, 2002. p.274.

갖 세상 잡사의 시화 등등은 김수영의 특혜 받은 독점물 같은 특징들로 여겨지고 있다.[138]

이러한 특징들이 1950년대 일명 고백파라 불리던 앨런 긴스버그, 실비아 플라스, 앤 섹스턴 등 일군의 미국 시인들의 시적 추구와 닮아 있음은 한명희의 연구에 의해 이미 밝혀진 바 있다. 김수영 자신도 그의 「시작 노우트 2」에서 시의 내용에 있어 어떻게 하면 생활을 더 심화시켜야 할 것인가를 고민하면서, '시는 시의 전통적인 인식들을 포기했을 때부터 시작된다. 형이상학적인 것만을 노래해야만 시가 이루어지는 것은 아니다' 라고 기술하고 있다. 김수영은 일생 동안 김소월, 김영랑, 서정주와 같은 서정시를 쓰지 않았으며 자연 자체를 완상하는 시를 쓰지 않았다는 점에서 반전통주의자라고 할 수 있다.[139]

이렇듯 자유와 혁명으로 표상되는 시인의 위대함과 고독과 외로움으로 집약되는 시인의 비참함 사이에서 배태된 김수영의 설움은 '설움과 아름다움을 대신하여 있는 나의 긍지//(중략)//모든 설움이 합쳐지고 모든 것이 설움으로 돌아가는/긍지의 날인가 보다' (「긍지의 날」)에서처럼 합쳐지고 다시 되돌아가며 시인에게 긍지를 심어주는 힘으로 작용한다. 김수영은 일찍이 그의 시론에서 '모험은 자유의 이행이며 자유는 고독한 것, 시는 고독하고 장엄한 것' 이라고 쓰고 있거니와 설움의 정서는 김수영의 온몸으로 쓰는 시를 이끌어

---

138 김영무, 「김수영의 영향」, 황동규 편, 『김수영의 문학』, 민음사, 1983. p.324.
139 염무웅, 「김수영론」, 『김수영의 문학』, 민음사, 1997. p.143.

가는 추동력으로 곧 발분서정의 정신과 닿아 있다.

> 시는 온몸으로, 바로 온몸을 밀고 나가는 것이다. 그것은 그림자를 의식하지 않는다. 그림자에조차도 의지하지 않는다. 시의 형식은 내용에 의지하지 않고 그 내용은 형식에 의지하지 않는다. 시는 그림자에조차도 의지하지 않는다. 시는 문화를 염두에 두지 않고, 민족을 염두에 두지 않고, 인류를 염두에 두지 않는다. 그러면서도 그것은 문화와 민족과 인류에 공헌하고 평화에 공헌한다. 바로 그처럼 형식은 내용이 되고, 내용이 형식이 된다. 시는 온몸으로, 바로 온몸을 밀고 나가는 것이다. (중략) 시도 시인도 시작하는 것이다. 자유의 과잉을, 혼돈을 시작하는 것이다. 모기 소리보다도 더 작은 목소리로 시작하는 것이다. 모기 소리보다도 더 작은 목소리로 아무도 하지 못한 말을 시작하는 것이다. 아무도 하지 못한 말을. 그것을—.
>
> —「詩여, 침을 뱉어라」

김수영 시의, 또는 시적 의지의 발원은 '온몸', 곧 몸에 있다. '그림자를 의식하거나 의지하지 않는 몸'이란 철저히 몸의 생리, 몸의 욕구, 몸의 메커니즘에 충실한 몸이다. 그러나 김수영의 몸은 그 안에 '그림자'를 포섭하고 있는 몸이다. 왜냐하면 몸과 그림자가 서로를 의식하지 않고 내용과 형식이 서로를 의식하지 않으면서, 몸과 그림자가 절로 소통하고 내용과 형식이 절로 소통하여 마침내 온몸의 시 안에서 서로를 공유하는 경지를 보여주고 있기 때문이다. 김수영의 몸이 그냥 '몸'에서 그치지 않고 '온몸'이 되는 까닭이 여기에 있을 것이다. 이렇듯 몸과 그림자, 내용과 형식의 공유를 통해 탄생한 '온몸', 그것을 추동하는 힘은 '자유의 과잉'과 '혼돈'이다. 시인 안의 이 다스려지지 않는 카오스, 솟구치는 발분의 응어리와 에너지야말로 시인으로 하여금 '아무도 하지 못한' 태초의 말을 처음으로 발설하게 하는 힘이리라.

김수영 시에서 시인이 하는 '기침' 역시 억누를 수 없는 발설 행위의 한 가지다. 기침은 본래 기도(氣道)와 호흡 간의 상호작용으로 인한 생리적 현상이나 '눈은 살아 있다/떨어진 눈은 살아 있다/마당 위에 떨어진 눈은 살아 있다//기침을 하자/젊은 시인이여 기침을 하자/눈 위에 대고 기침을 하자'(「눈」)에서 기침은 시인의 의식이 몸으로 전이된 의지적 행위로서 '젊은 시인의 기침'은 정신의 나태와 안일, 즉 영혼의 죽음을 물리치기 위한 치열한 싸움이 된다.[140]

> 내가 으스러지게 설움에 몸을 태우는 것은 내가 바라는 것이 있기 때문이다
>
> 그러나 나는 그 으스러진 설움의 풍경마저 싫어진다
>
> 나는 너무나 자주 설움과 입을 맞추었기 때문에
> 가을바람에 늙어가는 거미처럼 몸이 까맣게 타버렸다.

—「거미」 전문

'바라는 것'이 무엇이기에 그것이 몸을 '으스러지게' 할 만큼의 '설움'이 있고 그것과 '너무나 자주 입을 맞'춘 탓에 시인은 '몸이 까맣게 타버'린 거미의 형상으로 변신한다. 설움은 시인의 몸을 피폐하게 할 만큼의 극약 처방임과 동시에 거미의 몰골로 화한 시인 자신을 직시하게 하는 자기투시의 힘이기도 하다. 황현산은 이 설

---

140 현순영, 「시에 대한 발언 그리고 침묵의 시」, 최동호·강웅식 외, 『다시 읽는 김수영 시』, 작가, 2005. p.124.

움이 가진 의미에 대해 다음과 같이 쓰고 있다.

> 김수영의 설움이나 비애만큼 복잡하고 복합적인 감정도 드물다. 그것은 한편으로 타기하고 극복해야 할 대상이며, 정신과 몸을 사로잡는 마취제이지만, 다른 한편으로는 판단과 예지의 한 형식이자 그 원기이며, 현실의 열림과 움직임을 믿게 하고 정신이 시적 상태에 이르렀음을 말해 주는 특별한 심리적 반응이다. 그것은 마음의 움직임이며 말의 뜻 그대로 감동이다. 김수영에게 이 슬픔은 그가 자주 쓰는 은유의 원형과도 같다.[141]

'그 으스러진 설움의 풍경마저 싫어진' 까닭은 그러한 자기투시에서 비롯된 것이며 그 '싫어짐'이 분출과 탈피로 가는 동력이 되리라는 기대를 품게 한다. 그 분출과 탈피란 여태천의 말대로 하자면 '끊임없이 미지의 세계로 나아가는 주체의 움직임'이며, 그런 움직임으로부터 설움의 정서가 생겨난다는 점에서 그것은 김수영에게 있어 존재론적 정서라고 할 수 있다. 그리고 그것은 설움이 곧 자신의 길을 찾아가는 예술의 본질과 다르지 않음을 보여준다.[142] '어제의 시나 오늘의 시는 그에게는 문제가 안 된다. 그의 모든 관심은 내일의 시에 있다. 그런데 이 내일의 시는 未知다. 그런 의미에서 시인의 정신은 언제나 미지다'(산문「詩人의 精神은 未知」)라고 역설하며 '으스러지게 몸을 태'우는 김수영은 설움이라는 발분의 응어리를 품은 채 발군의 시를 뽑아내는 거미다.

---

141 황현산, 「시의 몫, 몸의 몫」, 김명인·임홍배 편, 『살아 있는 김수영』, 창비, 2005. p.118.
142 여태천, 『김수영의 시와 언어』, 도서출판 월인, 2005. p.227.

4. 최승호와 불모의 북어

김수영의 발분정서가 정치적·문화적으로 혼란한 시대와 대결하는 시인으로서의 소명의식과 자의식에 기인한 것이라면, 최승호[143]의 발분정서는 현대의 도시적 삶이 안고 있는 불모성과 황폐함을 향해 있다.

나는 죽어서는 기꺼이 썩어지겠다.
대지는 거름이 필요할 테니까.
구름은 내 몇 됫박의 국물이 필요할 테니까.
허지만 살아서는
내 앞에 가없이 펼쳐진 時間의 개펄을
발바닥으로 걸어 나가야 한다.
대지는 나의 거름,
구름은 몇 됫박의 국물을 거름에 부어줄 테니까.
허지만 지금 나는 房,
모든 문짝이 굳게 닫힌 밤 기슭의
벽 속에 있다.
천장 위를 요란하게 뛰던 쥐들이
죽어서 썩는 건지 며칠째
천장에 테를 넓히며 얼룩이 지고
파리똥과 쥐오줌과 거미줄로

---

143 최승호는 1977년 『현대시학』을 통해 등단하였다. 시집으로 『대설주의보』 『고슴도치의 마을』 『진흙소를 타고』 『세속도시의 즐거움』 『회저의 밤』 『반딧불 보호구역』 『눈사람』 『여백』 『그로테스크』 『모래인간』 『아무것도 아니면서 모든 것인 나』가 있다. 오늘의 작가상, 김수영 문학상, 현대문학상, 이산문학상, 대산문학상 등을 수상한 바 있다.

얼룩진 천장이 내 넋을 음울하게 한다.

상표가 화려한 桶조림,

국물에 잠겨 있는 桶 속의 송장 덩어리,

웬만한 양념으로는 이미

이 맛은 변치 않는 삶은 송장맛이 아닐는지.

—「桶조림」 전문

‘죽음’은 ‘썩는’ 것이다. 그것은 ‘거름’과 몇 됫박의 ‘국물’을 남기는 것이다. ‘죽어서 썩는 쥐들’이 ‘파리똥과 쥐오줌과 거미줄로 얼룩진 천장’을 남기듯이. ‘허지만’ 사는 것은 또한 어떤 것인가? 그것은 ‘가없이 펼쳐진 시간의 개펄을’ 아무리 커야 300mm도 안 되는 신발을 신는 인간 육체의 두 발이, 그중에서도 바닥을 딛기에는 너무 말랑말랑하고 평평해서 굳은살이 박히고 생채기가 나는 두 발바닥이, 그럼에도 불구하고 ‘걸어 나가야’ 하는 것이다. 삶이란 또한 ‘모든 문짝이 굳게 닫힌’ 방이자 벽 속에 있는 것이다. ‘쥐’들에게 삶이 ‘천장 위를 요란하게 뛰’는 행위였던 것처럼. 쥐들은 천장에서 살았고 ‘얼룩으로 테를 넓히며’ 천장에서 죽는다. ‘방’ ‘벽’ ‘천장’ ‘밤’ 등은 모두 닫힌 삶의 공간이다. 닫힌 공간에서의 삶과 죽음, 그것이 인간이 ‘국물에 잠겨 있는 桶 속의 송장 덩어리’인 까닭이며 삶이 ‘상표만 화려한 桶조림’이 되는 이유이기도 하다. 그렇기에 ‘가없이 펼쳐진 시간의 개펄’마저도 통조림 속에 갇힌 시간인 것이다. 이 통조림화한 삶은 ‘웬만해선 맛이 변치 않는 송장맛’을 획득하게 되는데 이 맛의 불변성, 삶의 불변성은 섬뜩하게도 죽음의 정태성(靜態性)과 맞닿아 있는 것이다.

시 「桶조림」에서 보여지는 그로테스크한 죽음, '송장맛'으로서의 삶의 테제는 최승호의 다른 시들에서도 반복된다.

쯧쯧, 저런!/숫소가 쿵 하고 드러눕는다./빼빼 마른 백정 앞에서/덩치 큰 숫소가 드러눕는다./(중략)/저것 봐, 숫소가 일어선다./도끼와 뿔의 박치기다./아니다./도끼와 급소의 박치기다.

— 「숫소」에서

너와 마주치기 전에는/삶이 그렇게 놀라운 것도 외로운 것도 아니었다./네가 나에게 창을 던졌을 때/작살에 찔려 허공에 버둥거리는 물고기처럼/눈은 휘둥그래졌고

— 「휘둥그래진 눈」에서

밤의 식료품가게/케케묵은 먼지 속에/죽어서 하루 더 손때 묻고/터무니없이 하루 더 기다리는/북어들,/북어들의 일개 분대가/나란히 꼬챙이에 꿰어져 있었다./나는 죽음이 꿰뚫은 대가리를 말한 셈이다.

— 「北魚」에서

숫소의 죽음은 '도끼와 급소가 박치기' 한 결과로 표현되고 죽음에 대한 공포 앞에서 '나'는 '작살에 찔려 버둥거리는 물고기'가 되며 북어들은 '죽음이 꿰뚫은 대가리'를 전시한다. 죽음이란, 아니 삶이란 이렇듯 기계적이며 비정한 장면들의 연속에 다름 아니다.

푸줏간 냉장고에서/황소의 두개골이 조용히 울부짖는다/뿌리째 뽑혀/갈고랑쇠에 걸려 있는 기인 혓바닥,/칼로 후벼낸 눈알,/콧김 없는 콧구멍,/떼어낸 다리./자신의 몸뚱이를 四元素로 해체시키고/결국 무엇이 남는지 들여다보려고 애쓰는 자/죽음이 이르기 전에 죽음을 맛보려는 자

— 「저울」에서

빈 새장 같은 죽음의 얼굴은/이빨에 앵무새 깃털을 문 채/웃고 있는데

—「새장 같은 얼굴을 향하여」에서

노란 줄이 선명한 아스팔트가 보이고/넓적하게 깔린 쥐가죽

—「발걸음」에서

이제 그는 누워 있다, 거적을 덮고/교회당 그늘 건초더미 위에 나흘째./
바람이 반백의 더부룩한 머리를 쓸어주고/진눈깨비가 삐져나온 발등을 덮
어준다./(중략)/그는 누워 있다,/거적송장이 되어/동굴 안에 죽은 예수처
럼/나흘째/復活하지도 않으면서

—「그늘」에서

'아스팔트에 넓적하게 깔린 쥐가죽' 처럼 흉흉한 죽음을 목전에
놓고 있는 인간들의 '살아 있음(生)' 이란 것도 이미 '시체를 닮아가
는' (「썩는 여자」) 가사(假死) 상태의 그것이다.

설레임조차 없는 기다림/멋장이 뚜장이 같은 광고판/이윽고/구식 제복
을 입은 기관사를 따라/줄줄이 얼빠진 얼굴 가득한 열차는 온다/(중략)/돌
고드름과/돌의 떡잎과/돌기둥들이 자라나는 텅 빈 동굴만큼이나/썰렁한
지하철 정거장

—「지하철 정거장의 노란 의자들」에서

판박이 삶 속에 生日이/돌아와도 그럭저럭 헛살고 늙어간다는 느낌
뿐.//이렇게 살면 안될 것 같은데/별 수 없이 이렇게 산다./자궁 속의 강낭
콩만한 胎兒가/부풀어오른 엄청난 육체./그리고 전진하는 나의 갱년기,/
나의 終焉, 나의 재,/나 없는 나의 무덤,

—「生日」에서

콧구멍이 뚫렸어도 답답해/증기를 뿜는 주전자가 뚜껑을 들먹거린다
/(중략)/콧구멍만 뚫렸으면 뭘 해/이렇게 무식하고/이렇게 숨이 차고/이렇
게 대머리가 점점 벗겨지는 生

—「주전자」에서

'설레임조차 없는 판박이 삶', '대머리가 점점 벗겨지는' 헐벗고
누추한 삶일지라도 '좀 쩝쩝거릴 것'만 있고 '모가지만 붙어 있으
면' 시궁쥐들은 그 '진창바닥'에서도 삶을 연명해 간다.

좀 쩝쩝거릴 것만 떨어지지 않으면 되겠지/아무리 더러운 똥오줌 진창
바닥이라도/제대로 숨도 못 쉬는 쥐구멍 속에서도 모가지만/모가지만 붙
어 있으면 되겠지 시궁쥐들은

—「시궁쥐」에서

뼈다귀가 가죽을 내미는 늙은 것이/털이 빠지고/웅크린 채/홀쭉한 뱃
가죽을 들썩이며/가쁜 숨을 몰아쉬는 늙은 것이/쇠사슬에 목덜미가 묶인
채/짖어댄다./짖어댄다./짖는 일도 뜸하던 늙은 것이/머지않아 턱이 떨어
지고/이빨마저 다 빠져버릴 병들고 늙은 것이

—「울음」에서

너그럽지 않은 시간의 바퀴/죽고 싶지 않은 나를/아무 때 아무 곳에서
나/제멋대로 떠밀어 버리고/시체를 제쳐둔 채 그대로/굴러가는 시간의 바
퀴/(중략)/그것이 刑이고/자유라고 생각하면서/내가 굴리는 生이/비록 굴
려지는 生이라 할지라도

—「휠체어」에서

밤이면 관 속에 누워 있는 여자,/천장 위에 이사온 사람들이 못질하는
소리,/그녀는 조금씩 시체를 닮아가는 모양이다/(중략)/그러나 정말/어떻

게 살아야 할지를 모르겠다고 중얼대다 잠든다/컴컴한 문명 속의 이 문둥
이 여자를 그 어디/햇볕 좋은 땅 위로 데려가/그녀의 머리에 끈끈하게/거
머리처럼 자라난 음지식물들을 말려 죽여야 할까

—「썩는 여자」에서

최승호가 이렇듯 황량한 삶의 풍경들을 연출해 내는 이유는 무엇
이며, '썩는 여자' '시궁쥐' '주전자' 등의 시적 오브제를 통하여
환기시키는 것은 무엇인가.

「지하철 정거장의 노란 의자들」엔 '계단을 스물아홉 번 밟으면
스물아홉 순간 늙는 줄 모르면서 마흔 계단을 밟으면 마흔 순간 죽
어가는 줄 모르면서 땅 속의 계단을 내려가 뚜렷한 희망의 개찰구
로 뻗어 있는 것도 아닌 지하철 정거장에서 춥고 찌들은 몽고족의
얼굴로 웅크려 앉아 있는, 복권을 구겨버리고 앉아 기다리는, 시무
룩한 얼굴들'이 있다. 그들의 일상은 반복된다. 그들은 '어느새 또
새로 산 복권을 들여다보는' 것이다.

최승호에겐 별도 '붙박이 별'이고 생일도 '판박이 삶' 속의 그저
그런 하루일 뿐이다(「生日」). 이러한 반복되는 일상은 '오렌지 쥬스
를 마신다는 게/커피가 쏟아지는 버튼을 눌러 버리는/습관의 무서
움'을 불러오고 '고정관념으로 굳어 가는 머리'를 발견하게 된다.
'뙤약볕 속에 뻘뻘 땀을 흘리며/라켓을 쥐고 공을 치는 남자의/말
없는 동작은/지루하고 외롭게 반복되고'(「조명된 남자」) '가슴이 점점
식어 굳어가는 땅 위에서 마그마 같은 가슴도 두꺼운 체념을 뚫지'
못한다(「여우비」). 그래서 최승호의 캐릭터들은 '이렇게 살면 안 될
것 같은데/별 수 없이 이렇게'(「生日」) '제 새끼에게 젖을 물리고 콧

수염을 기르고 털가죽 외투를 입고 피에 젖은 性生活까지 뻔질나게 하면서' 살고 '평생을 그런 짓거리나 되풀이하다가 죽' 는다(「시궁쥐」). 이와 같이 '되풀이인 삶' 의 소모성은 인간의 육체성에 기인한다('자궁 속의 강낭콩만한 胎兒가 부풀어오른 엄청난 육체' – 「生日」). 육체성의 인간이기에 '시간 속에 늙어온 남자' (「여우비」)가 있고 '나는 곧장 무덤으로 시시각각 무덤 쪽으로 전진하고 있' 다(「별것도 아닌 것이」). 육체이기에 또한 인간의 생은 '便器의 생' (「꽁한 인간 혹은 변기의 생」)이다. '궁둥이에 똥 한조각 달린' (「?」) 것이 사람인 것이다. '便器船을 탄' (「꿈속의 변기선」) 배설하는 인간은 '쓰레기들의 엄청난 무덤' (「물 위에 물 아래」)인 문명을 배설한다. 그 문명은 '버려진 태아와 애벌레와/더러는 고양이도 개도 반죽된/개흙투성이 흙탕물 속에/신발짝, 깨진 플라스틱통, 비닐조각 따위를 먹고 배때기가/뚱뚱해진 쓰레기들의 엄청난 무덤' 이다. 그래서 최승호가 묘사하는 「대낮」의 풍경은 '콸콸콸 철관에서 폐수의 폭포가 힘차게 쏟아지고, 부글부글 거품의 소용돌이에 죽은 시궁쥐가 뜨고, 도시 한복판으로 검은 기관차가 무개차들을 끌고 지나가고, 山보다 높은 공장 굴뚝들' 이 보이는 풍경이다. 그 속에서 변기 속의 똥덩이처럼 '뒤섞이는' 우리의 삶은 '걸어간다, 톱니바퀴 사이로, 찌그러지면서,/나이가 든다, 더러운 조각들이 매달리면서, 무거워지면서/당하고, 망가지면서, 걸어간다, 달라붙는 거품들을 떼어내려고, 허우적거리면서/다시 死海로/苦海에서 그렇게 발버둥 쳤건만 다시 死海로' (「?」).

그래서 최승호는 다음과 같이 묘사한다.

말라붙고 짜부라진 눈,
북어들의 빳빳한 지느러미.
막대기 같은 생각
빛나지 않는 막대기 같은 사람들이
가슴에 싱싱한 지느러미를 달고
헤엄쳐 갈 데 없는 사람들이
불쌍하다고 생각하는 순간,
느닷없이
북어들이 커다랗게 입을 벌리고
거봐, 너도 북어지 너도 북어지 너도 북어지
귀가 먹먹하도록 부르짖고 있었다.

—「北魚」에서

'네가 나에게 창을 던졌을 때/작살에 찔려 허공에 버둥거리는 물고기처럼'(「휘둥그래진 눈」) 우리의 눈은 휘둥그래진다. 그것은 '북어的' 삶에 대한 공포와 각성으로 휘둥그래진 눈이다.

한 편의 시이자 시집 제목이기도 한 '나는 숨을 쉰다'는 그런 면에서 역설로 들림과 동시에 하나의 극명한 선언으로 들린다.

신기해라 나는 멎지도 않고 숨을 쉰다
내가 곤히 잠잘 때에도
배를 들썩이며
숨은, 쉬지 않고 숨을 쉰다
숨구멍이 많은 잎사귀들과 늙은 지구덩어리와
움직이는 은하수의 모든 별들과 함께

숨은, 쉬지 않고 숨을 쉰다 대낮이면

황소와 태양과
날아오르는 날개들과 물방울과 장수하늘소와 함께
뭉게구름과 낮달과 함께

(중략)

숨은, 쉬지 않고 숨을 쉰다
그리고 움직이는 은하수의 모든 별들과 함께
죽어서도 나는 숨 쉴 것이다.

　최승호가 '늙은 개, 시궁쥐, 통조림, 주전자, 썩는 여자, 북어, 자동판매기, 똥덩어리'들을 정렬시켜 놓고 '너도 북어지?'라고 냉혹한 시선으로 들이댈 때, 불러일으켜지는 것은 공포다. 그 공포는 휘둥그래진 눈으로 '나는 아냐, 나는 아냐'라고 힘껏 고개를 젓게 하면서도 고개를 젓는 행위 그 자체가 이미 '그래, 나는 북어야'라는 자백이 되어 버리는 그런 공포다.

　최승호의 시가 불러일으키는 것이 일종의 공포의 감정인 것처럼 김수영을 포함한 발분의 시인들이 그들의 시를 통해 던지는 것은 문제 제기와 그것에 대한 반감과 비판, 그리고 그것에 대한 각성과 반성과 답을 요구하는 것이다. 반감의 응어리와 같은 이들 시인의 시는 아주 차갑고 딱딱한 것으로 그것을 경화(硬化) 시라 이름 붙일 수 있을 것이다.

5. 발분 시인들의 반감과 경화(硬化)되는 시

발분서정, 분기탱천의 바통을 이어받은 시인으로는 이성복[144]을
빼놓을 수 없다.

> 그해 겨울이 지나고 여름이 시작되어도
> 봄은 오지 않았다 복숭아나무는
> 채 꽃 피기 전에 아주 작은 열매를 맺고
> 不姙의 살구나무는 시들어 갔다
> (중략) 그러나 어떤
> 놀라움도 우리를 無氣力과 不感症으로부터
> 불러내지 못했고 다만, 그 전해에 비해
> 약간 더 화려하게 절망적인 우리의 습관을
> 修飾했을 뿐 아무 것도 追憶되지 않았다
>
> —「1959년」에서

'봄은 오지 않고, 不姙의 살구나무는 시들고, 어떤 놀라움도 무기력
과 불감증보다 강하지 않고, 절망적인 것은 습관이고, 아무것도 추억
될 것이 없는', 이성복의 이 불모의 「1959년」은 어디서 유래하는가.

> 그는 아버지의 다리를 잡고 개새끼 건방진 자식 하며
> 비틀거리며 아버지의 샤쓰를 찢어발기고 아버지는 주먹을
> 휘둘러 그의 얼굴을 내리쳤지만 나는 보고만 있었다
> 그는 또 눈알을 부라리며 이 씨발놈아 비겁한 놈아 하며

---

144 이성복은 1977년 『문학과 지성』을 통해 등단하였다. 시집으로 『뒹구는 돌은 언제
　　잠깨는가』 『남해 금산』 『그 여름의 끝』 『호랑가시나무의 기억』 『아, 입이 없는 것
　　들』 『달의 이마에는 물결무늬 자국』이 있다. 제2회 김수영 문학상을 수상하였다.

아버지의 팔을 꺾었고 아버지는 겨우 그의 모가지를
문 밖으로 밀쳐냈다 나는 보고만 있었다

—「어떤 싸움의 記錄」에서

이성복은 '아버지'로 표상되는 기존 질서와 권력을 파괴하고 전복
하면서 1980년대 정신사적 흐름의 전위에 섰던 시인이다. 황동규는
그것을 일컬어 '상징적인 우상 파괴'라고 했지만,[145] 사실 이성복의
시가 드러낸 분노와 파탄은 우상 파괴 그 자체를 겨냥해서라기보다
는 우상이 파괴된 자리에 남은 삶의 황폐와 불모를 향해 있었다. 아
버지가 무너진다는 것은 그 아버지에 기대 있던 삶의 기반도 함께
무너진다는 것을 뜻하며, 일단은 그 폐허를 지나가야 하기 때문이
다. 위 시에서도 '아버지의 다리를 잡고 샤쓰를 찢어발기며 팔을 꺾
는' 사람은 '나'가 아니다. 그런 행동을 하는 것은 '나'가 아닌 '그'
이며 '나'는 단지 그 장면을 '보고만 있'을 뿐이다. '나'는 그 싸움
을 몰아가지도 말리지도 않는, 동참자이면서 동참하지 않는, 그렇지
만 그 싸움의 모든 것을 가장 낱낱이 보고 있는 기록자인 것이다.

前方은 무사했고 세상은 완벽했다 없는 것이
없었다 그날 驛前에는 대낮부터 창녀들이 서성거렸고
몇 년 후에 창녀가 될 애들은 집일을 도우거나 어린
동생을 돌보았다 그날 아버지는 未收金 회수 관계로
사장과 다투었고 여동생은 愛人과 함께 음악회에 갔다
그날 퇴근길에 나는 부츠 신은 멋진 여자를 보았고

---

145 황동규, 「행복 없이 사는 훈련」, 이성복 시집 『뒹구는 돌은 언제 잠 깨는가』 해
　　설, 문학과지성사, 1980. p.118.

> 사람이 사람을 사랑하면 죽일 수도 있을 거라고 생각했다
>
> (중략)
>
> 그날 몇 건의 교통사고로 몇 사람이
> 죽었고 그날 市內 술집과 여관은 여전히 붐볐지만
> 아무도 그날의 신음 소리를 듣지 못했다
> 모두 병들었는데 아무도 아프지 않았다
>
> ─「그날」에서

그날 '세상은 완벽했고 없는 것이 없었'지만 '몇 년 후엔 창녀가
될 애들'이 자라고 있었고, 그날 '술집과 여관은 여전히 붐볐지만'
바로 그날 '교통사고로 몇 사람은 죽었'으며, 그날 '모두 병들었'지
만 '아무도 아프지는 않았'다. 그리고 그날 '나'는 '사람이 사람을
사랑하면 죽일 수도 있을 거라'는 생각을 한다. 이성복의 발분이 김
수영이나 최승호의 발분과 갈라지는 지점은 이들 시인이 도시적 삶
의 모순이나 경직성, 냉혹함을 비교적 이지적이고 냉정한 어조로 얘
기하고 있다면 이성복은 도시적 삶의 이면에 숨겨져 있는 인간의 잔
혹성과 감정의 파탄을 다분히 감성적으로 드러내고 있다는 점이다.

도시 문명에 대한 통렬한 풍자와 조롱의 시선을 드러내는 현대의
발분 시인은 유하[146]이다. 그렇지만 그 거미는 김수영의 거미처럼
강한 자의식으로 뭉친 호전적인 거미가 아니다. 그 거미는 때로 신

---

146 유하는 1988년 『문예중앙』을 통해 등단하였다. 시집으로 『무림일기』『바람부는
날이면 압구정동에 가야 한다』『세상의 모든 저녁』『세운상가 키드의 사랑』『나
의 사랑은 나비처럼 가벼웠다』『천일馬화』가 있다. 1996년 김수영 문학상을 수
상하였다.

랄하고 통렬하다가도 적에게 빠져나갈 기회를 주는 게임 감각을 잃지 않는, 유희적인 거미이다.

압구정동은 체제가 만들어 낸 욕망의 통조림 공장이다
국화빵 기계다 지하철 자동 개찰구다 어디 한 번 그 투입구에
당신을 넣어 보라

(중략)

이곳 어디를 둘러보라 차림새의 빈부격차가 있는지 압구정동 현대아파트는 욕망의 평등 사회이다 패션의 사회주의 낙원이다
가는 곳마다 모델 탤런트 아닌 사람 없고 가는 곳마다 술과 고기가 넘쳐나니 무릉도원이 따로 없구나 미국서 똥구루마 끌다 온 놈들도 여기선 재미 많이 보는 재미 동포라 지화자, 봄날은 간다—
해서, 세속도시의 즐거움에 동참하고 싶은 자들 압구정동의 좁은 문으로 들어가길 힘쓰는구나
— 「바람부는 날이면 압구정동에 가야 한다 2—욕망의 통조림 또는 묘지」에서

현대 도시 사회의 획일화된 욕망('체제가 만들어 낸 욕망')과 세속 도시가 빚어 내는 가짜 행복과 가짜 풍요('세속 도시의 즐거움')의 허상[幻]에 때로는 분노하고 때로는 매혹당하는[147] 20세기 노마드의 모

---

147 바람부는 날이면, 압구정동에 가야 한다 사과맛 버찌맛
온갖 야리꾸리한 맛, 무쓰 스프레이 웰라폼 향기 흩날리는 거리
웬디스의 소녀들, 부띠끄의 여인들, 까페 상류사회의 문을 나서는
구찌 핸드백을 든 다찌들 오예, 바람불면 전면적으로 드러나는
저 흐벅진 허벅지들이여 시들지 않는 번뇌의 꽃들이여
　　　　　　　— 「바람부는 날이면 압구정동에 가야 한다 6」에서

습을 보여주는 유하이지만, 정작 그를 분노케 하는 장면은 압구정
동이 가려 버린 다음과 같은 광경에 있다.

> 바로 이 순간, 촌철살인적으로 다가오는 종아리 하나 있다 압구정동
> 배나무숲을 노루처럼 질주하던 원두막지기의 딸, 중학교 운동회 때
> 트로피를 휩쓸던 그 애, 오천 원짜리 과외공부 시간 책상 밑으로 내 다
리를 쿡쿡 찌르던,
> 오천 원이 없어 결국 한 달 만에 쫓겨난 그 애, 배나무들을
> 뿌리째 갈아엎던 불도저를 괴물 아가리라 부르던 뚱그런 눈망울
> 한강 다리 아래 궁글던 물새알과 웃음의 보조개 내게 던지고 키들키들
> 지금의 현대백화점 쪽으로 종다리처럼 사라지던, 그 후로
> 영영 붙잡지 못했던 단발머리 소녀의 뒷모습
> 그 눈부시던 구릿빛 종아리
>   —「바람 부는 날이면 압구정동에 가야 한다 6」에서

'배나무들을 뿌리째 갈아엎던 불도저'를 '괴물'이라 여기던 '단
발머리 소녀'에 대한 상실의 기억은 '대량 학살당한 배나무'에 대
한 상실의 기억과 닿아 있다.

> 대량 학살당한 배나무를 위한 진혼곡이다 나는 듣는다
> 영하의 보도블록 밑 우우우 무수한 배나무 뿌리들의 신음 소리를

압구정동을 풍자하고 조롱하기 위하여 유하가 동원하는 압구정동의 풍경들
은 사실 그 안으로 들어가 거기에 동화되고 세밀하게 관찰하는 사전 답습과 체
험의 공유가 선행되지 않고서는 포착할 수 없는 압구정동 르포라고 할 수 있다.
압구정동의 생리를 체득하지 않고서는 그것의 허를 꿰뚫기도 어려운 것이다.
그렇기에 유하가 압구정동의 진풍경을 묘사할 때 거기에서는 그것을 맛본 자에
게서만이 배어나올 수 있는 매혹과 거부의 아슬아슬한 경계가 느껴진다.

(중략)

캐롤의 톱날에 무더기로 벌목당한 이 도시의 겨울이여
저 혹독한 영하의 지하에서 막 밀고 올라오려 발버둥치는
혼의 뿌리들, 그 배꽃 향기 진동하는 꿈이여, 그러나
젖과 꿀이 메가톤급 무게로 굽이치는 이 거리,
미동도 않는 보도블록의 견고한 절망 밑에서
아아, 마침내, 끝끝내, 꽃피는 나무는
자기 몸으로 꽃필 수 없는 나무다

—「바람부는 날이면 압구정동에 가야 한다 3」에서

하지만 압구정동 '보도블록의 견고한 절망 밑에서 밀고 올라오려 발버둥치는 혼의 뿌리들'은 '단발머리 소녀'의 존재처럼 시인의 추억과 그리움 속에서는 영원한 실체성('마침내, 끝끝내, 꽃피는 나무')을 갖고 있지만, 지금 현재는 결코 스스로의 실체성('자기 몸으로 꽃피는 나무')을 갖지 못한다.

유하가 이중적으로 보여주는 것은 '압구정동'으로 상징되는 서구 이식적 타락한 도시 문명에 대한 거부와 끌림이 묘하게 뒤섞인 풍자와 그 이면에 잠재된 '배나무숲'에 대한 향수와 상실감이다. '그 후로 영영 붙잡지 못했던, 눈부시던 구릿빛 종아리'에 얽힌 추억과 그리움은 압구정동에 묻혀 종적 없이 사라진 배나무숲에 대한 향수에 다름 아니다. 그리고 그 향수가 「압구정동」 연작을 있게 한 시인 유하의 발분서정이기도 하다.

이들 발분 시인의 시는 반감에서 촉발된 비판 정신으로 무장한 딱딱한 고체 덩어리, 갑각류의 차가우며 때로 섬뜩하기까지 한 느

낌을 준다. 이들 시가 겨냥하는 것이 그 딱딱함과 차가움의 촉각을
일깨우고 극대화하는 것이라는 점에서, 이들 시를 경화(硬化)된 시
로 볼 수 있을 것이다.

한편 분뇨학적 관점에서 이들 시인의 시에 나타난 배설의 양상을
살펴보면 다음과 같다.

> 괄약근이 늘어지는 길을
> 나는 내려간다
> 배설조차 긴 기다림과 인내의 고통이 되는
> 지루한 늙음의 길을 지나
>
> — 최승호, 「지루하게 해체중인 인생」에서

변비란 비정상적으로 장(腸) 내에 대변이 장시간 잔류하는 상태,
바꿔 말해 장 내에 음식물 찌꺼기가 오랜 시간 머물러 배출되지 못
하고 있는 상태를 말한다. 또 설사 배변이 진행된다 하더라도 변이
딱딱하게 굳어 배변의 과정이 힘들거나 배변 후에도 잔변감이 남는
상태까지를 통상 변비 증상에 포함시키곤 한다. 이러한 배변통의
동반이 간혹 배변 행위 자체에 대한 두려움으로 이어지는 경우도
있다. 변비는 생리적으로 정신적인 분노나 우울, 스트레스, 긴장,
근심 등의 감정이 소화기관의 기능을 저해함으로써 나타나는 증상
으로 알려져 있다. 또한 운동 부족 등의 활동성이 결여된 육체나 수
분 부족도 한 원인이 된다.

최승호에게 배설은 '긴 기다림과 인내의 고통이 되는' 변비증으
로 나타난다. '파리똥과 쥐오줌과 거미줄로/얼룩진 천장이 내 넋을

음울하게' 하고 삶은 여지없는 '송장맛' (「桶조림」)이며 '말라붙고 짜부라진 눈,/북어들의 빳빳한 지느러미./막대기 같은 생각/빛나지 않는 막대기 같은 사람들이/가슴에 싱싱한 지느러미를 달고/헤엄쳐 갈 데 없는 사람들'을 주의 깊게 지켜보며 늘 '불쌍하다고 생각하는' 시인, 그리하여 '느닷없이/북어들이 커다랗게 입을 벌리고/거봐, 너도 북어지 너도 북어지 너도 북어지/귀가 먹먹하도록 부르짖고 있'(「北魚」)는 듯한 환영에 시달리는 시인에게서 씌어져 나오는 시란 번번이 만만치 않은 강도의 배변통을 수반하는 것이다. 그것은 '끙끙 앓는 하나님/누구보다도 당신이 불쌍합니다/우리가 암덩어리가 아니어야/당신 몸이 거뜬할 텐데'(「몸」)에서처럼 '끙끙 앓는' 통증이며 도무지 몸을 '거뜬' 하지 않게 만드는 증상이다.

> 왜 날 이렇게 <u>똥덩이</u> 같이 만들어 놨어
>
> ——「꽁한 인간 혹은 변기의 생」 부분

> 줄을 아무리 잡아당겨도
> 구원은커녕 좀처럼 씻겨내려가지 않는
> 악마 같은 <u>똥덩어리</u>를 힘껏 떠밀어서
> 변기의 구멍 깊이 쑤셔넣은 다음
>
> ——「희귀한 聖者」에서 (밑줄:필자)

그 시는 그야말로 '똥덩이', 분해되지 않은 독소와 응어리로 똘똘 뭉쳐 있는 딱딱한 시이다. 그러므로 그 시를 읽어 나가는 동안에는 내내 어떤 류의 냉기와 서늘함, 왠지 모를 불쾌감과 불편함을 느끼게 되는 것을 어찌할 수 없는 것이다. '판박이 삶 속에 生日이/돌

아와도 그럭저럭 헛살고 늙어간다는 느낌뿐.//이렇게 살면 안될 것 같은데/별 수 없이 이렇게 산다.' (「生日」)는 시인의 울분을 감춘 냉소적인 포즈에서 그에겐 미처 다 배설돼 나오지 못한, 배설돼 나와야만 할 많은 것들이 안쪽에 쌓여 있음을 감지할 수 있다. 이렇게 딱딱한 똥덩어리를 배설하는 시인의 진통과 노고 역시 간단치는 않을 것이다. 그의 시는 이러한 수고로움과 곤고함이라는 대가를 치르고 얻은 결실이기에 시작(詩作) 행위란 그에게 있어 엑스터시 이상의, 마다하고 싶은 고행(苦行)이 된다.

최승호에게 배설이 변비로 인한 끙끙거림이라면 김수영에게 그것은 먼저 '치질'로 나타난다.

소련을 생각하면서 나는 치질을 앓고 피를 쏟았다
일주일 동안 단식까지 했다
단식을 하고 나서 죽을 먹고
그 다음에 밥을 떡국을 먹었는데
새삼스럽게 소화불량증이 생겼다
—당연한 일이다

— 「전향기(轉向記)」에서

치질은 설사나 변비, 그로 인해 장 기관에 가해지는 과도한 압력이나 압박, 잘못된 배변 습관 등으로 인해 나타나는 증상이다. 혹은 부득이한 이유로 배변이 제때 이루어지지 않고 지연됨으로써 배변에 대한 생리적 욕구가 부자연스럽게 억압되는 것도 치질이 발생하는 원인이 될 수 있다. 그러므로 김수영이 '앓'는 '치질'이란 정상적이고 순조로운 배설에 장애를 겪는다는 징표이며, 「전향기(轉向

記)」라는 위 시에서는 그 치질을 발병케 한 확실한 원인 제공자('소
련')까지 드러나고 있다.

'기침'이나 '가래'도 김수영 시에 나타나는 또 다른 분비 양상이다.

> 기침을 하자
> 젊은 시인이여 기침을 하자
> 눈을 바라보며
> 밤새도록 고인 가슴의 가래라도
> 마음껏 뱉자
>
> —「눈」에서

기침이나 가래는 몸의 순조롭고 자연스러운 분비를 벗어나 몸의
어딘가가 불편하거나 불쾌할 때 나타나는 이상 증세이다. 그것은
결코 유쾌한 분비가 아니다. 그 분비는 몸에 지금 이상이 있다는 것
을, 몸이 지금 편치 않다는 것을 시위하는 분비라고 할 수 있다. 그
러므로 '기침을 하자', '가래를 뱉자'고 하는 것은 무언가 잘못돼
가고 있는 일, 불편하거나 불쾌한 상황에 대해 적극적으로 불만을
표하고 시위하자는 의도로 해석할 수 있다.

김수영에게서 나타나는 또 하나의 특기할 만한 배설 양태는 '설
사'이다. 설사 역시 변비와 다름없이 정상적인 배변 양태를 벗어나
는 증상 가운데 하나로 만성 변비가 설사를 유발하기도 한다. 세균
에 의한 감염으로 복통, 구토를 수반하기도 하고 장 내 흡수가 잘
되지 않는 음식의 폭식, 폭음, 과음이 원인이 되기도 한다. 또한 설
사는 과잉된 내장 운동으로부터 발생한다. 왜 과잉되느냐 하면 외

부와의 연락이 억압되었기 때문이다. 때문에 배출 욕망은 순전히 내부 운동을 통해서 대상을 변화시킨다.[148] 김수영의 다음 시가 보여주는 것은 외부와의 소통이 억압되었을 때 시인의 과잉된 내장 운동으로 야기되는 설사의 시 쓰기이다.

설파제를 먹어도 설사가 막히지 않는다
하룻동안 겨우 막히다가 다시 뒤가 들먹들먹한다
꾸루룩거리는 배에는 푸른색도 흰색도 적(敵)이다

배가 모조리 설사를 하는 것은 머리가 설사를
시작하기 위해서다 성(性)도 윤리도 약이
되지 않는 머리가 불을 토한다

여름이 끝난 벽 저쪽에 서 있는 낯선 얼굴
가을이 설사를 하려고 약을 먹는다
성과 윤리의 약을 먹는다 꽃을 거두어들인다

문명의 하늘은 무엇인가로 채워지기를 원한다
나는 지금 규제로 시를 쓰고 있다 타의의 규제
아슬아슬한 설사다

언어가 죽음의 벽을 뚫고 나가기 위한
숙제는 오래된다 이 숙제를 노상 방해하는 것이
성의 윤리와 윤리의 윤리다 중요한 것은

---

148 정과리, 차창룡 시집 해설, p.162.

괴로움과 괴로움의 이행이다 우리의 행동
이것을 우리의 시로 옮겨 놓으려는 생각은
단념하라 괴로운 설사

괴로운 설사가 끝나거든 입을 다물어라 누가
보았는가 무엇을 보았는가 일절 말하지 말아라
그것이 우리의 증명이다

— 김수영, 「설사의 알리바이」 전문

위 시에서 드러나는 것은 일단 '설사'의 두 가지 층위이다. 하나는 '몸('배')이 하는 설사'요, 다른 하나는 '머리가 하는 설사'이며 다시 전자는 '아슬아슬한 설사', 후자는 '괴로운 설사'가 된다. 그리고 '아슬아슬한 설사'는 타의의 규제에 의한 시 쓰기이며 '괴로운 설사'는 '성도 윤리도 약이 되지 않는 머리가 토하는 불, 언어가 죽음의 벽을 뚫고 나가기 위한 숙제, 괴로움의 이행이자 우리의 행동'이 되는 시 쓰기이다. 시인은 '괴로운 설사'를 '단념하라'고 말하고 있지만 기실 그것은 '설사의 알리바이'를 만들기 위한 포즈에 불과하다. 그리고 '설사의 알리바이'가 필요한 까닭은 '괴로운 설사'를 용납하지 않는 시대 탓이기도 하지만, 그것만이 '우리의 증명'이 되도록 하자는 시적 완결성에 대한 시인의 의지와 고집에서이기도 하다. 불온한 시대의 불온한 시 쓰기에 대한 알레고리이긴 하나, 김수영 시가 '아슬아슬한 설사'와 '괴로운 설사'의 위태위태한 경계에서 벌이는 설사의 미학이 될 수밖에 없는 이유를 알게 해주는 시이다.

이들 시인의 분비와 배설을 통해 나오는 시는 저온(低溫)의 시이
다. 저온의 시가 주는 온도계적 느낌은 차가움, 냉기, 서늘함과 싸
늘함이며 저온의 시가 정서적으로 환기하는 효과는 충격, 경각심,
깨달음, 반성, 공포 등이다.

제5장

결론

지금까지 이 시론은 야콥슨이 언명한 시성(詩性)이라는 단어를 단초로 삼아 시가 분비와 배설의 생리현상을 통해 시인에게서 창작돼 나오는 과정을 규명해 보고자 하였다. 이때 시성이란 환원 불가능한 운문성과 주체가 사라지는 문학 언어를 일컫는 블랑쇼적 테제로서의 주체 해체적인 물질성을 일컫는 개념으로 정의된다.

환원 불가능하다는 것은 먼저 시의 이해를 용이하게 하기 위한 전초 작업으로서의 산문적 이해와 해석의 어려움을 염두에 두었기 때문이며, 굳이 산문화의 과정이 필요한 것은 의사소통을 위한 가장 기본적이고 적합한 문장 구조가 산문이라는 사실을 전제한 까닭이다. 또한 주체 해체적이라는 말에는 배설되기까지 배설물에는 그것을 배설하는 주체가 있지만 배설되고 난 이후의 배설물은—설사 그것이 주체의 특성을 간직하고 있다 하더라도—이미 주체로부터 독립적인 하나의 물질이라는 생각이 깔려 있다. 시성은 시가 가진 특수한 성질 또는 시의 태생적 정체성을 지칭하는 말이 되며, 시성은 몸을 통해 세계를 지각하는 자로서의 시인에게서 시가 다양한 층위로 분비 또는 배설돼 나옴으로써 생성된다.

이 시론이 그 기저로 삼고 있는 것은 시인은 세계를 '지각하는 자'라는 것이며 지각되는 것들의 각종 속성들은 물질 연관적이고 물질 연관적이라는 것은 기본적으로 역시 물질 연관적인 몸과 직결된다는 몸 담론이다. 지각에 근원을 둔다는 것은 몸에 근원을 둔다는 것과 동의어라고 할 수 있다. 이러한 몸 담론에는 서론에서 밝힌 바와 같이 스피노자의 '마음의 생물학', 메를로 퐁티의 '몸의 현상학', 그리고 '육체해석학' 등이 포함된다. 시인이란 이렇듯 몸을 통해 세계를 지각하는 자이며 지각한 세계를 몸의 분비와 배설 원리에 따라 시로 창작하고, 그 분비와 배설의 방식과 양태에 따라 시의 유형이 달라질 수 있음을 보이고자 한 것이 이 논문이 시도한 작업이다. 그리고 그 전체 과정이 시 창작의 한 원리를 발견하는 과정이었다고 할 수 있다.

이러한 논지를 전개하기 위하여 먼저 각 장의 1절에서는 토대로 삼을 수 있는 기존의 시론들을 소개하고 그것을 논지에 맞춰 재구성해 보았다. 각각 박용철 시론, 한문학에서의 발분서정의 시론, 바슐라르 시론들이다. 각 장의 2절에서는 이들 시론을 분비와 배설 양태에 따른 세 가지 층위로 구분해 보았다. 몸과 세계의 동일성을 말하고자 하는 바슐라르 시론은 분비와 배설의 미학적 층위가 되며, 몸의 변용과 분비에 근거한 박용철 시론은 분비와 배설의 가장 기초적 층위인 생리학적 층위가 되며, 몸 속에 잠복해 있는 영혼의 분출을 말하는 발분서정은 분비와 배설의 정신분석학적 층위가 된다. 이어 각 장의 3절에서는 유치환, 서정주, 김수영 등 이들 층위에 부합하는 시인들의 작품세계를 살펴보았으며 각 장의 4절에서는 김소월, 김민부, 최승호를 비롯한 여타 시인들의 작품세계를 함께 고찰하면서 각각의 층위에 있는 시인들의 시가 어떻게 유형화될 수 있는지를 모색해 보았다. 마지막으로는 이들 시인의 시를 분뇨학적 관점에서 비교·고찰하는 과정을 통하여 이들 시가 정서적으로 환기하는 효과가 어떤 것인지를 밝혀 보고자 하였다.

이러한 과정들이 필요한 것은 시와 시인의 혈연관계로 시작하는 시가 분비와 배설 층위에 따라 각기 다른 유형의 시로 창출될 수 있으며 서로 다른 파급 효과를 가질 수 있다는 사실을 알기 위한 것이다. 아울러 하나의 감각적 총체로서의 시인의 몸에서부터 출발하여 시 창작 이후까지를 일괄하는 시 창작의 총체적 원리를 이해하고, 그 결과물인 시에 대한 감식안을 키우는 데 도움이 되었으면 하는 바람에서이기도 하다.

유치환의 시는 지각된 세계를 자기 내면에서 반추하고 응시하며 그 세계에 자기 내면을 조응하고 투사하는 미학적 층위에서 배설돼 나오며, 서정주의 시는 지각된 세계와 직접 대면하여 부대끼고 상처받고 피 흘리는 날것 그대로의 생명체적 혹은 육체적 층위에서 배설돼 나오고, 김수영의 시는 지각된 세계가 시인의 몸 안에 쟁여져 있다가 늙을 대로 늙은 독기(毒氣)처럼 뿜어져 나오는 정신분석학적 층위에서 배설돼 나온다. 이들 세 사람의 시인을 각각 자기변

신적 페르소나의 다양함과 세계를 반추하는 시각의 다원성을 가진
시인이라는 의미의 다원 시인, 몸에서 몸 그리고 생명에서 생명으
로의 변용에 능한 시인이라는 의미의 변용 시인, 비판적이고 가열
한 시대의식을 분출하는 시인이라는 의미의 발분 시인이라 호명해
보았다.

다원 시인인 유치환의 시세계는 자아와 세계를 동일시함을 통해
자아를 세계와 비견되는 다원적 물질성의 차원으로 확장해 가는 것
으로서, 다함없는 정신의 자유와 평화를 꿈꾸며 세계와의 교감을
지향하는 그의 시를 자유로운 액체적 운동성과 가벼운 정신의 탄력
을 가진 액화(液化)의 시로 만든다. 유치환을 비롯한 이들 다원 시인
들에게서 나타나는 배설의 양상은 배변이 없는 오줌 또는 정액의
배출로, 그 진통과 쾌감의 온도계상 뜨거움과 화끈함, 열기가 느껴
지는 고온(高溫)에 해당한다. 이들 고온의 시가 환기하는 정서적 효
과는 상승감, 흥취, 고무감, 부력, 자유로움, 열정, 고조감 등으로
나타난다.

변용 시인인 서정주의 시세계는 몸과 몸끼리의 끊임없는 변용과
순환적인 몸의 환생을 통하여 무한 생명을 지향하는 것으로서, 범우
주적인 그의 생명 의식은 그의 시를 온 우주에 만개한 채 대기 중으
로 계속 확장해 나가는 풍화(風化)의 시로 만든다. 한편 서정주를 비
롯한 변용 시인들에게서 나타나는 배설의 양상은 건강한 몸의 왕성
한 생리작용에 의한 쾌변으로, 그 진통과 쾌감의 온도계상 시원함과
상쾌함과 선선함이 느껴지는 상온(常溫)에 해당한다. 이들 상온의 시
가 환기하는 정서적 효과는 공감, 동일시, 축제, 동화 등이다.

발분 시인인 김수영의 시세계는 그의 시의 주된 정서인 '설움'을 통해 시대와의 불화 및 시인과 생활인 사이에서의 고된 자의식을 토로한 것으로서, 시대의 질곡을 온몸으로 뚫고 나가고자 한 그의 치열한 시인 정신과 혁명의식은 그의 시를 단단한 응집과 날카로운 결의로 각인시켜 나가는 경화(硬化)의 시로 만든다. 김수영을 비롯한 이들 발분 시인들에게서 나타나는 배설의 양상은 변비 또는 설사로, 그 진통과 쾌감의 온도계상 차가움, 냉기, 서늘함과 싸늘함이 느껴지는 저온(低溫)에 해당한다. 이들 저온의 시가 환기하는 정서적 효과는 충격, 경각심, 깨달음, 반성, 공포 등으로 나타난다.

바꿔 말하자면, 다원 시인의 시는 유치환이 '바위'가 되었다가 또는 '깃발'이 되고 '열사의 사막'이 되었다가 '파도'가 되듯 몸이 이형동체의 세계를 분비·배설하는 시, 즉 몸과 몸 밖의 세계를 동일시하고 교감을 나누는 시이며, 변용 시인의 시는 서정주 시에서 몸이 몸을 낳고 생명이 생명을 낳듯 몸에서 몸을 분비·배설하는 시이며, 발분 시인의 시는 김수영의 몸이 '온몸의 시'를 낳듯 몸에서 몸 이상의 것을 분비·배설하는 시이다.

그러므로 다원 시인의 분비·배설은 '정액'과 같이 이미 그의 몸 속에 내재해 있는 다원적 타자들이 몸 밖에 있는 이형동체의 물질성과 대응관계를 이루며 외재화되어 나오는 것이고, 변용 시인의 분비·배설은 '똥'처럼 그의 몸 속에 있는 일원적 몸과 생명이 몸 밖으로 대상화돼 나오면서 여러 가지 형태와 모습으로 변용의 끝없는 연쇄를 만들어 가는 것이며, 발분 시인의 분비·배설은 '변비' 나 '설사'와 같이 그의 몸 속에 머무는 동안 억압되고 변질되고 걸

러진 어떤 류의 특정한 응어리, 몸이 아니거나 몸 이상의 성분을 띠
게 된 몸이 예정된 육체화의 수순을 밟아 나오는 것이라고 할 수 있
겠다.

　이처럼 이들 세 부류의 시인이 몸의 각각 다른 층위로 시를 분비
하고 배설하는 양상을 통해 드러나는 것은 그들이 자아와 시대에
대응하는 방식의 차이이다. 즉, 유치환은 몸을 몸 밖의 세계로 확장
하고 그 세계와 교감하는 미학적 분비와 배설의 시를 씀으로써 자
아와 시대로부터 자유로운 시의 길로 나아가게 되고, 서정주는 몸
이 몸을 낳는 생리학적 분비와 배설의 시를 씀으로써 자아와 시대
의 한계를 한걸음 넘어서는 범우주적 시의 길로 나아가게 되며, 김
수영은 몸이 몸 속에 있는 의식이나 지적 인식, 이성적 사고를 토해
내는 정신분석학적 분비와 배설의 시를 씀으로써 자아 및 시대와
정면으로 대결하는 시의 길로 나아가게 된다.

　덧붙여 다른 하나의 사실은 정현종이나 최승자, 이성복, 유하 등
현대의 시인들에게서 알 수 있듯 이들 다원 시인이나 변용 시인, 발
분 시인들은 시대를 달리해 가면서 그러나 언제나 존재한다는 사실
이다.

　한문학에서는 시의 취향 혹은 성향을 말하는 풍격 용어로 당시풍
(唐詩風)이니 송시풍(宋詩風)이니 하여 시를 가름하기도 한다.[149] 당
시를 두고는 흔히 중국 고전 시가의 꽃이라 하며 계절로 치면 봄에
해당한다고 하고, 이에 반해 송시는 가을에 견주곤 한다. 당시가 낭

---

149 정민, 앞의 책, p.67.

만적·감성적 취향이라면 송시는 고전적·이성적 취향이며, 당시가 묘사적이고 서정적이라면 송시는 사변적이고 설리적이다. 당시가 '보여주는' 시라면 송시는 '말하는' 시라서 어떤 시인은 자꾸 무엇인가를 말하고 싶어하고, 다른 어떤 시인은 말하는 것을 절제하는 대신 보여주기를 좋아한다. 당시가 대상 그 자체에 몰입함으로써 자연스레 시인의 정의(情意)를 드러내는 방식을 취하는 데 반해 송시는 시인이 자신의 정의를 대상을 통해 드러내는 방식을 취한다. 또한 당시는 가슴으로 쓴 시이다. 당시에는 시인의 웃음과 눈물이 있어 마음으로 전해 오는 인간의 체취가 물씬하다. 반면 송시는 머리로 쓴 시로 인생에 대한 깊고 담담한 관조와 거리를 두고 물끄러미 바라보는 조망이 있다. 또한 송시는 쓸데없는 수식을 배제하고 섬세한 관찰과 개성적 표현을 중시하였으며 제재 상으로는 일상생활에의 두드러진 관심과 밀착을 그 특징으로 한다. 이렇듯 서정함축을 중시하고 의흥(意興)이 뛰어난 시를 당음(唐音)이라 하고, 생각에 잠기고 이치를 따지며 유현한 맛을 풍기는 시를 송조(宋調)라고 일컫는다. 김소월의 시가 당음이라면 김수영의 시는 송조이고, 유치환의 시가 송조를 감춰 두고 있는 당음이라면 김민부의 시는 당음을 가장하고 있는 송조이다.

시대가 혼탁하고 불우할수록 시인들은 육체 편향적이 되며 육체에 경도될수록 시인의 실존은 불우해진다. 1920년대에서 1960년대까지의 흐름은 근대적 이성의 패러다임이 탈근대적 몸의 담론으로 대체되어 가는 진행 과정에 있는 시기라고 할 수 있다. 일상 속에서 끈질기게 작동하고 있는 여성의 억압과 차별에 대한 여성주의적 비판, 몸에 일상적으로 행사되는 규율 권력과 생체 권력의 은밀하고 익명적인 위력에 대한 푸코의 폭로, 날마다 텔레비전과 여타 광고를 통해 쏟아져 나오는 육체와 성(性)의 상품화 담론들에 대한 미학적 반성 등 몸이 하나의 화두로 떠오르게 된 계기는 이러한 문제의식들 때문이다.[150] 바바라 크루거가 자신의 포스터에서 여성의 몸과 관련하여 던진 '너의 몸은 전쟁터다(Your body is a battle-ground)'라는 메시지가 비단 여성의 몸을 지칭하는 것만이 아닌 모든 몸에 관한 논의로 확대되면서, 2000년대 지금 현재까지의 시는 풍성하거나 때로 잡다하기조차 한 몸의 담론으로 작동되고 있다. 소월을 비롯한 근대의 시인들은 행복한 시인들이었다. 그들은 육체의 욕망과 책무로부터 비교적 자유로웠으며 영혼을 위한 송가(頌歌)만 부르면 되었다. 그러나 현대의 시인들은 육체라는 가중치를 부가적으로 짊어져야 한다. 육체를 달래고 극복하며 제압하면서 가지 않으면 안 된다. 시인의 육체 혹은 시인의 일상이라는 혹독한 이율배반을 겪어내야만 하는 것이다. 현대의 시인은 일상적 삶의 패배자이거나 은둔자, 혹은 낮에는 안경으로 얼굴을 가린 평범한 샐러리 맨이었다가 퇴근 후에는 하늘을 날아다니는 '슈퍼 맨(Poet supermanicus)'이다. 소비와 레저로 집약되는 자본주의 사회의 진화가 계속되는 한 이후의 시들은 더욱 물질적이고 육체적인 파장 안에 놓이게 될 것이며, 시인들은 기계 인간 사이보그 혹은 인공지능으로 한층 진화해야만 할는지도 모른다.

---

150 이거룡 외, 앞의 책, p.25.

　잠시 시각을 달리하여 근래 새롭게 대두하고 있는 글쓰기 연구 분야에서도 글쓰기 과정을 통하여 글쓰기의 원리를 규명하고자 하는 연구와 다방면의 모색들을 발견할 수 있다. 그 가운데는 창조적 글쓰기(creative writing) 연구에 대한 관심과 시도도 포함되어 있다. 특히 1960년대 들어 인지심리학에 기반을 두고 글쓰기의 과정에 대한 연구를 본격적으로 진행한 린다 플라워(Linda Flower)와 존 헤이스(John Hayes)의 이론에 잠시 주목해 보고자 한다. 이들의 연구가 창조적 글쓰기와 직접적인 관련이 있는 것은 아니지만 창조적 글쓰기, 즉 시 창작의 한 시험적인 모델을 만들어 보는 데 유용하리라 생각되기 때문이다. 이들은 쓰기의 기본적인 과정으로 먼저 계획하기, 작성하기, 검토하기를 설정했고 이 모든 과정을 통제하는 점검하기 개념을 설정했다.[151] 그리고 나서 여기에 사회적 환경과 물리적 환경으로 나뉘어지는 과제 환경을 덧붙였는데, 사회적 환경엔 독자 또는 청중과 협력자가 포함되며 물리적 환경엔 컴퓨터나 노트북과 같은 도구 및 인터넷과 같은 매체가 포함된다. 또한 개인적 요소로는 글쓰기의 동기와 작업 기억(단기 기억), 장기 기억 등의 요인을 상정했다. 이들에게 글을 쓰는 과정은 곧 의미를 구성해 가는 과정이고 의미를 창출하는 과정이며, 일종의 문제 해결 과정이다. 이들은 글쓰기 분야 연구를 하면서 여러 유형의 가능한 글쓰기 모델을 확립하려는 시도를 했는데, 이는 글쓰기의 구성 요소 및 요인들이 상호 역학관계로 작용함을 드러내는 표나 도형 등의 모형으로

---

151 이재승, 『글쓰기 교육의 원리와 방법』, 교육과학사, 2002. pp.70~76.

주로 가시화되고 구체화되었다. 이러한 글쓰기 연구의 수확과 산출된 모형들을 토대로 창조적 글쓰기 모델, 즉 시 창작 모델의 한 유형을 만들어 보면 다음과 같다. 일명 '펜슬 모델'이라 이름 붙일 수 있는 이것은 연필심 부분에 해당하는 자아를 중심축으로 하여 지속적으로 회전하는 운동성을 갖는다.

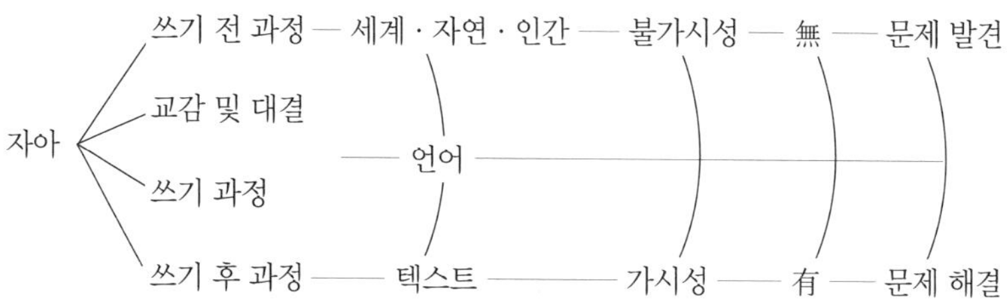

창조적 글쓰기, 즉 시 쓰기란 '세계 · 자연 · 인간'이 '언어'를 통해 '텍스트'가 되는 과정(도표의 첫 번째 축)이며 그것은 '불가시성'에서 '가시성'으로(두 번째 축), '무(無)'에서 '유(有)'로(세 번째 축), '문제 발견(갈등)'에서 '문제 해결(해소)'로(네 번째 축) 움직여 가는 과정과 등치의 것이라고 할 수 있다. 이 네 개의 연필 축은 순환적인 운동을 하는 것으로 이들 축이 한 번 순환운동을 할 때마다 시 한 편이 탄생한다. 물론 이 순환운동의 주축 또는 구심점은 시인의 '자아'이다. 시인은 '쓰기 전 과정'에서 세계 · 자연 · 인간과의 '교감 및 대결'의 시간을 가지며, '쓰기 과정'에서 그것은 '언어'를 통해 구현(translation)되고, '쓰기 후 과정'에서 '잉여의 삭제' 등 갈무리를 통해 한 편의 완성된 텍스트가 태어나게 된다. 이때 쓰기의 선행 과정을 거친 자아가 언어로 해독되거나 번역되는 과정은 분비 · 배

설의 메커니즘이 작동하는 과정이며 카니발적 언어가 구현되는 과정이다. 그리고 가로의 언어축과 세 개의 세로축이 만나는 지점을 각각 분비와 배설의 미학적·생리학적·정신분석학적 층위가 작용하는 지점으로 볼 수 있다. 물론 이와 같이 시 창작의 원리를 지나치게 단순화하거나 도식화하는 데는 위험이 따를지 모른다. 그것은 지금까지 유지돼 온 시의 신비를 해치는 일이며 시 창작을 기계화·도식화할 우려가 있다.

환원주의 없이 복잡성을 추구하면 예술이 탄생하지만 환원주의로 무장하고 복잡성을 탐구하면 그것은 과학이 된다고 에드워드 윌슨은 그의 저서 『통섭』의 서문에서 말하고 있다. 윌슨의 말을 살짝 바꾸어서 이렇게 말해 볼 수 있으리라. 환원주의 없이 복잡성을 추구하면 시가 탄생하지만 환원주의로 무장하고 시의 복잡성을 탐구하면 시는 어느새 사라져 버린다고.

시의 시성과 시 창작의 원리를 규명하는 데 매달린 이 시론은 시를 찾으려다 도리어 시를 잃어버리는 우를 범할 수밖에 없고, 시의 낱낱을 알기 위해서 먼저 시의 낱낱을 해체하는 우를 범해야만 하는 환원주의적 탐구의 결과물에 지나지 않을는지 모른다. 그러나 이 시론에서 말하고자 했던 것은 단지 시가 무엇이냐 하는 질문을 시성이라는 말로 얼추 무마하려는 것만은 아니다. 서거정(徐居正)은 『東人詩話』에서 시를 짓기는 어렵지 않으나 시를 알기는 더 어렵다고 하였다. 시는 어려운 것이고 설령 어려울 수밖에 없다 하더라도 그 어려움의 정체를 바로 알자는 것이다. 시를 시이게 하는 시성은 오로지 시만이 가질 수 있는 특수성을 부여하고 명시하는 말이지만, 그것이 소통 불가능한 시의 자폐성이거나 시인의 완고함에 기인한 것은 아니라는 점이다. 시가 시인으로부터 배태되어 나오기까지의 경로가 시 특유의 성질을 형성하는데, 그 경로란 하나의 유기체가 분비와 배설 원리에 의존해 다른 하나의 유기체를 낳는 과정과 흡사한 것이 된다. 그러므로 시를 지탱하는 시성은 곧 배설물이 그러하듯, 끈끈한 점액성을 띤 물질성이다. 그것은 분해하고 분해해도 좀처럼 산문성으로 환원되지 않는 시의 완강한 운문성과 닮아있다.

시 창작의 원리나 시의 태생적 정체성을 논하고 그것에 응분의 답을 내놓으려는 시도는 언제나 성급하고 무모한 일이 될지 모른다. 시성을 키워드로 시의 태생적 정체성을 밝히고 시 창작 원리의 일단(一端)을 해명하고자 했던 이 시론은 그러나 정만 들고 쇠줄은 끊지 못한 격이 되고 말았다. 하나의 가설을 세우고 제시하는 것만으로 만족해야 하는 이 연구는 아직 시안(試案)적 성격을 갖고 있지만, 그러나 이제 한 걸음을 내디디는 시작의 의미를 지니는 것으로 앞으로 궁구해야 할 더 많은 과제가 남아 있으며 진지하고도 흥미로운 연구가 이뤄질 수 있는 가능성의 분야임을 믿는다. 이 시론이 시를 알고 시를 읽는 어려움이 어디에서 연유하는지를 알게 하고, 어려움 그대로의 시를 더 깊이 이해하고 존중하게 하며, 더 나아가 그 어려움을 적극적으로 즐기는 일을 가능케 할 수 있기를 기대한다. 아울러 한 가지 더 강조하고 싶은 것은, 시는 육체와 분리될 수 없는 것이라서 육체로 영위하는 삶의 밀도와 긴장성 그대로 시의 밀도와 긴장성이 된다는 점이다.

　시를 즐기는 자는 바로 시의 그 어려움을 즐기는 자이며, 시를 즐기는 자에게 시의 어려움은 결코 포기해야 할 난관이 아니라 도전해야 할 산정(山頂)으로서 시성은 깃발처럼 그 산정에서 언제까지나 황홀하게 나부끼고 있을 것이다.

참고문헌

1. 기본 자료

기형도 전집 편집위원회 엮음, 『기형도 전집』, 문학과지성사, 1999.

김민부, 『일출봉에 해뜨거든 날 불러주오』, 민예당, 1995.

『김수영 전집』, 민음사, 1981.

김영승, 『반성』, 민음사, 1987.

김용직 편저, 『김소월 전집』, 서울대학교 출판부, 1996.

『미당 시전집 1』, 민음사, 1994.

『박용철 전집』, 시문학사, 1940.

『유치환 전집』, 정음사, 1984.

유 하, 『바람부는 날이면 압구정동에 가야 한다』, 문학과지성사, 1991.

이성복, 『뒹구는 돌은 언제 잠깨는가』, 문학과지성사, 1980.

이승훈 엮음, 『이상문학전집』, 문학사상사, 1989.

정현종, 『사랑할 시간이 많지 않다』, 세계사, 1989.

______, 『견딜 수 없네』, 시와시학사, 2003.

______, 『고통의 祝祭』, 민음사, 1974.

______, 『나는 별아저씨』, 문학과지성사, 1978.

차창룡, 『해가 지지 않는 쟁기질』, 문학과지성사, 1994.

최승자, 『이 時代의 사랑』, 문학과지성사, 1981.

______, 『기억의 집』, 문학과지성사, 1989.

최승호, 『세속도시의 즐거움』, 세계사, 1990.

______,『고슴도치의 마을』, 문학과지성사, 1985.

______,『진흙소를 타고』, 민음사, 1987.

______,『대설주의보』, 민음사, 1983.

함민복,『우울氏의 一日』, 세계사, 1990.

2. 국내 논저

• 단행본

강영계,『강영계 교수의 프로이트 정신분석학 이야기』, 해냄, 2007.

곽광수,『가스통 바슐라르』, 민음사, 1995

김영아,『한국근대소설의 카니발리즘』, 푸른사상, 2005.

김욱동,『대화적 상상력—바흐친의 문학이론』, 문학과지성사, 1988.

김윤식,『한국근대문학사상』, 서문당, 1974.

김정현,『니체의 몸 철학—주체, 개인, 자아 문제에 대한 사회철학적 이해』,
     지성의 샘, 1995.

김준오 외 공저,『동서 시학의 만남과 고전 시론의 현대적 이해』, 새미, 2001.

김현자,『詩와 想像力의 構造 —金素月·韓龍雲을 中心으로』, 문학과지성사,
     1982.

김혜숙·김혜련,『예술과 사상』, 이화여자대학교 출판부, 1995.

김화영,『未堂 徐廷柱의 詩에 대하여』, 민음사, 1984.

박경일 지음, 이정호 편저,『포스트모던 T. S. 엘리엇』, 서울대학교 출판부, 1996.

박홍규,『처음으로 돌아가라;비코의 생애와 사상』, 필맥, 2005.

신범순,「한국 근대문학의 정체성—영혼의 노래, 감각의 풍경」, 未刊.

여태천,『김수영의 시와 언어』, 도서출판 월인, 2005.

이거룡·조민환·정화열·조광제·이정우·홍성욱·조영란·박여성·강성
     원,『몸 또는 욕망의 사다리』, 한길사, 1999,

이득재, 『바흐찐 읽기』, 문화과학사, 2003.

이만식, 『T. S. 엘리엇과 쟈크 데리다』, 새미, 2003.

이선영 엮음, 『문학비평의 방법과 실제』, 삼지원, 1983.

이숭원, 『20세기 한국시인론』, 국학자료원, 1997.

이숭원 · 박호영 공저, 『韓國 詩文學의 批評的 探究』, 삼지원, 1985

이승훈, 『한국현대시론사』, 고려원, 1993.

이일환 편역, 『현대 미국시와 시론』, 새문사, 1984.

이재승, 『글쓰기 교육의 원리와 방법』, 교육과학사, 2002.

이지훈, 『예술과 연금술―바슐라르에 관한 깊고 느린 몽상』, 창비, 2004.

이창재, 『프로이트와의 대화』, 민음사, 2003.

장경렬 · 진형준 · 정재서 편역, 『상상력이란 무엇인가』, 살림, 1997.

장기근 · 하정옥 역저, 『惜誦, 新譯 屈原』, 명문당, 2003

장문정, 『메를로 뽕띠의 살의 기호학』, 한국학술정보(주), 2005.

정민, 『한시미학산책』, 솔, 1996.

최동호, 『韓國 現代詩의 意識現象學的 研究』, 고려대학교 민족문화연구소, 1989

최행귀 · 이규보 · 김시습 · 유몽인 · 박지원 · 정약용 · 김정희 · 신채효 외,
        『우리 겨레의 미학사상』, 보리, 2006.

한계전, 『韓國現代詩論研究』, 一志社, 1983,

한국현상학회 편, 『몸의 현상학』, 철학과현실사, 2000.

한명희, 『김수영 정신분석으로 읽기』, 도서출판 월인, 2002.

홍명희, 『상상력과 가스통 바슐라르』, 살림, 2005

• 논문

강연호, 「김수영 시 연구」, 고려대학교 박사학위 논문, 1996.

곽광수, 「시와 시적 언어」, 시인세계, 2008 봄호

김대규, 「Anima의 시학―소월 시의 여성화 문제 연구」, 김학동 편, 『김소월』,
        서강대학교 출판부, 1995.

김윤식, 「허무의지와 수사학」, 『현대시학』, 1970. 10 – 11.

김영무, 「김수영의 영향」, 황동규 편, 『김수영의 문학』, 민음사, 1983.

김준오, 김민부 시집 『일출봉에 해 뜨거든 날 불러주오』 발문, 민예당, 1995.

김준환, 「T. S. 엘리어트의 '전통'은 얼마나 역동적인가?」, 『안과밖』, 2005. 봄.

김춘수, 「유치환론」, 『문예』, 1953, 6월호.

김 현, 「自由와 꿈」, 『김수영의 문학』, 문학과지성사, 1983.

박경일, 「T. S. 엘리엇의 탈구조주의」, 이정호 편저, 『포스트모던 T. S. 엘리엇』, 서울대학교 출판부, 1996

염무웅, 「김수영론」, 『김수영의 문학』, 민음사, 1997.

유종호, 「임과 집과 길―소월의 시」, 김학동 편, 『김소월』, 서강대학교 출판부, 1995.

이광호, 「한국근대시론의 '미적 근대성' 연구―1930년대 시론을 중심으로」, 고려대학교 박사학위 논문, 1998.

이숭원, 「유치환 시의 이원성과 고독」, 『20세기 한국시인론』, 국학자료원, 1997.

정과리, 「정신분석에서의 은유와 환유」, 『은유와 환유』(기호학 연구 제5집), 한국기호학회 엮음, 문학과지성사, 1999.

______, 「아픈 사랑의 반란―차창룡의 분변학」, 차창룡 시집 『해가 지지 않는 쟁기질』 해설, 문학과지성사, 1994.

현순영, 「시에 대한 발언 그리고 침묵의 시」, 최동호 · 강웅식 외, 『다시 읽는 김수영 시』, 작가, 2005.

황현산, 「시의 몫, 몸의 몫」, 김명인 · 임홍배 편, 『살아 있는 김수영』, 창비, 2005.

3. 국외 논저

가스통 바슐라르, 이가림 옮김, 『물과 꿈』, 문예출판사, 1980.

______________, 김병욱 옮김, 『불의 정신분석』, 이학사, 2007.

__________, 정영란 옮김, 『공기와 꿈』, 이학사, 2000.

__________, 정영란 옮김, 『대지 그리고 휴식의 몽상』, 문학동네, 2002.

데니스 도노휴, 황동규·유명숙 옮김, 『W. B. 예이츠』, 탐구당, 1990.

로만 야콥슨 외, 박인기 편역, 『현대시의 이론』, 지식산업사, 1989.

롤랑 바르트, 김희영 옮김, 『텍스트의 즐거움』, 동문선, 1997.

루이 알뛰세, 이진수 옮김, 『레닌과 철학』, 도서출판 백의, 1991.

리처드 M 자너, 최경호 옮김, 『身體의 現象學』, 인간사랑, 1993.

모리스 메를로 퐁티, 김정아 옮김, 『눈과 마음—메를로 퐁티의 회화론』, 마음
　　　산책, 2008.

슬라보예 지젝, 김상환·홍준기·김선욱·김범수·변문숙·김서영 옮김,
　　　『탈이데올로기 시대의 이데올로기』, 철학과현실사, 2005.

아니카 르메르, 이미선 옮김, 『자크 라캉』, 문예출판사, 1994.

안도 유키오 감수, 안창식 편역, 『알기 쉬운 인체의 신비』, 중앙생활사, 2005.

안토니오 다마지오, 임지원 옮김, 김종성 감수, 『스피노자의 뇌』, 사이언스북
　　　스, 2007.

알랭 바디우, 이종영 옮김, 『조건들』, 새물결, 2006..

야콥 블루메, 박정미 옮김, 『화장실의 역사』, 이룸, 2005.

엠마누엘 레비나스, 강영안 옮김, 『시간과 타자』, 문예출판사, 1996.

울리히 하세·윌리엄 라지, 최영석 옮김, 『모리스 블랑쇼 침묵에 다가가기』,
　　　앨피, 2008.

정화열, 이동수·김주환·박현모·이병택 옮김, 『몸의 정치와 예술, 그리고
　　　생태학』, 아카넷, 2005.

파트리크 쥐스킨트, 강명순 옮김, 『향수; 어느 살인자의 이야기』, 열린책들,
　　　2007.

푸른사상 현대문학연구총서 22

시 쓰기의 분뇨학

인쇄 2012년 9월 25일 | 발행 2012년 9월 30일

지은이 · 이선영
펴낸이 · 한봉숙
펴낸곳 · 푸른사상사
주간 · 맹문재 | 편집 · 지순이 | 마케팅 · 박강태

등록   제2−2876호
주소   서울시 중구 초동 42번지 아시아미디어타워 502호
대표전화   02) 2268−8706~7 | 팩시밀리 02) 2268−8708
이메일   prun21c@yahoo.co.kr / prun21c@hanmail.net
홈페이지   www.prun21c.com

ⓒ 이선영, 2012

ISBN 978−89−5640−944−3 93810
  값 20,000원

저자 **이선영**(李宣姈)

1964년 서울에서 출생하여 이화여대 국문과 및 같은 대학원을 졸업하였다. 1990년『현대시학』으로 작품활동을 시작했다. 시집으로『오, 가엾은 비눗갑들』(세계사, 1992)『글자 속에 나를 구겨 넣는다』(문학과지성사, 1996)『평범에 바치다』(문학과지성사, 1999)『일찍 늙으매 꽃꿈』(창비, 2003)『포도알이 남기는 미래』(창비, 2009)『하우부리 쇠똥구리』(서정시학, 2011), 편저로『박용래 시선』(지식을만드는지식, 2012) 등이 있다. 현재 이화여대·서울과학기술대·평택대 등에 출강하고 있다.

시 쓰기의 분뇨학